新潮文庫

猫の息子

眠り猫Ⅱ

花村萬月著

猫の息子　眠り猫Ⅱ

目次

猫の息子

眠り猫Ⅱ

第一章　最高の女

1

凄くいい女、という冴子の口調に違和感を覚えなかったわけではない。どちらかといえば、育ちのいい冴子が自分から口にすることばではない。

「凄くいい女、か」

タケは繰り返した。冴子はいまにも吹きだしそうな表情で、頷《うなず》いた。

「もう、最高」

「……なんか冴子さん、へんだな」

「へんじゃないわよ。信用できないなら、猫に訊《き》いてごらんなさい」

「オヤジに訊いたら、よけい信用ならん」

冴子は微笑した。

「信用ならん、て言い方、いいね」

タケは舌打ちした。先程まで暇つぶしに見ていた水戸黄門の再放送の科白《せりふ》が、そのまま口をついてでたのだ。

猫はタケが買ってきたプラモデルを組み立てていた。デスクのうえに片肘ついて、ひどくだらけた格好で九分の一の二輪レーサーを組み立てている。

イタリア製のプラモデルは、タケ流に言えば、かなりアバウトなつくりで、たかがプラモデルとはいえ、それなりの技術がなければ、それなりに完成させるのは難しい。

父にYZR500を強引に奪われた時点から、タケはもう、あきらめていた。いまは絶版となってしまった古いキットを模型屋の片隅で発見したときのよろこびは、もう失せた。

丹精こめて造りあげようと思ったヤマハYZR500=0W76は派手なハイサイドを起こして転倒し、スポンジ・バリアに刺さって、見るも無残に破壊しつくされたようなものだ。

猫にいじられたら、もう、あきらめるしかないのだ。資料として、エディ・ローソンが一九八四年当時駆っていたＹＺＲ５００の載っている二輪誌を幾冊か古本屋で探しだしもしたが、すべてが徒労に終わった。

わがままな子供のような猫が、プラモデルを奪い取るかわりにだした条件が、ララという美女がやっているスナックでの接待というものだった。

ララという女がどんな女かを冴子に訊くと、どこか含みのあるもったいつけた調子で、凄くいい女とだけしか言わない。

高価なプラモデルと、苦労して集めた資料が無駄になるのだ。ララがよほどいい女でなければ、タケは気がすまない。

ともあれ息子を接待するというのも妙な話だが、退屈しきっている父は、息子の買ってきたプラモデルを強引に奪い取り、あくびまじりに接着剤を塗りたくっている。

タケは父を盗み見る。まったく眠り猫とはよくいったものだ。このニックネームをつけた人物のセンスはたいしたものだ。なにしろ、父には眼というものが存在しない。これほど眼が細い男もめずらしいだろう。いつも半分眠っているように見える。いや、実際、頭のほうも半分眠ったきり目覚めたことがないのではないか。

タケはハッとした。

「なにやってんだよ！　おまえは」

「いやな、いい匂いだなあと思ってな」

猫は有機溶剤の入った接着剤を嗅《か》いで、うっとりした表情で言った。

タケは首を左右に振った。溜息をついた。どさくさにまぎれて父親がシンナー遊びをしているのだから、たまらない。

しばらく、吸わせておくことにした。どのみちプラモデル用の接着剤。たいして効くわけではない。

タケ自身、つい半年くらい前まで、倦怠《けんたい》をもてあましたときには、C瓶と呼ばれる栄養剤の空き瓶に入って売られているトルエンを吸っていたのだ。

冴子が立ちあがった。キッチンへ行った。タケは接着剤の瓶を鼻に押し当てるようにしている猫を横目で見て、冴子を追った。

「とめないのか？」

「無駄だもの」

「情けないよ。有機溶剤オヤジ」

「タケだって吸っていたじゃない」

「あれは十七のときだからな」

「十八になったら、やらないんだ？」

「いつまでもガキみてえなこと、してられねえよ」

冴子は失笑した。タケはむっとした顔をしながら、舌先で親知らずをさぐった。冴子は茶の準備の手をとめて、訊いた。

「なにしてるの。顔が歪んでる」

「親知らずのくぼみを舌の先でいじくりまわしてると、勃起してくるんだ」

冴子はあっけにとられる。

「なんで」

「わかんない。わぎわぎするんだよね。いらいらにちかい。で、そのわ、わ、わ、わぎわぎに耐えてると、勃起しちまうの」

冴子は醒めた表情で独白した。

「親が親なら、息子も息子」

「あんなのといっしょにしないでくれよ」

「そっくり」

「俺、冗談言ってるんじゃないんだよ。ほんとうに勃起してるの。ほら」

タケは腰を軽くかがめ、冴子の尻に股間を押しつけた。

「どう。立派なイチモツ」

「そうね。大きさはともかく、硬度はそれなりみたい。早くトイレで処理して柔らかくしてきなさい」

「そんなもったいないことできるかよ。この硬直は、ララさんにほぐしてもらうんだ」

一瞬、間があった。空白のあと、冴子はふかく頷いた。

「そうね。それがいい。ララさん、面食いだから、タケみたいな美少年だったら、夜通しお相手してくれるよ」

「そうかな」

冴子は肩をすくめた。タケは冴子の顔を覗きこんだ。

「ひょっとして冴子さん、嫉妬してない？」

「なんで」

「俺がララさんに入れ込んでるから」

「――ちょっと嫉妬しているかもしれない」

「だろ。眼がきついもん。でも、冴子さんがいちばん美しいのは、きつい眼をしたときだよ」

「ありがと。お湯が沸いたわ。日本茶、紅茶、どっちがいい？」

「茶よりも、冴子さんのラヴ・ジュースですよ」

言った直後、タケは飛びのいた。タケの腹を果物ナイフがかすめた。タケは口を尖らせて声をあげる。

「本気だろ！ シャレになんないよ」

「お陰様で、お嬢様育ちだったわたくしも、あなたたち親子のおかげで、すっかり鍛えられましたの」

冴子は果物ナイフを顔の高さにあげて、微笑んでいる。ナイフの銀色に、冴子の横顔が映っている。

タケは凝視する。冴子を凝視する。視線が絡む。冴子は微笑したまま、手招きする。

「なんだよ」

不服そうな声をつくりながら、タケは近づく。声と裏腹にその表情には甘えがある。

冴子はナイフを握った手で、タケを抱きこむ。タケの後頭部に、ナイフの柄があたっている。

「ナイフで頭、ゴリゴリするなよ」

「文句を言うな」

タケは冴子の胸の中に抱きこまれていた。冴子の胸の谷間に、タケの顔があった。

いい匂いがした。洗いざらしのコットンシャツの洗剤の匂いと、冴子の肌の香りがした。冴子の肌の香りは、淡くて、意識の集中がとぎれると、あっさり消えた。冴子の匂いは、植物を思わせた。深い森の中にまぎれこんだような安らぎがあった。

タケは正反対のことを口にした。

「女は獣臭くていけねえ」

「だって、生き物だもの」

「――オヤジの愛人なら、オヤジの愛人らしくしろよ」

冴子は腕に力を込めた。タケは偶然を装って冴子の胸のふくらみに鼻先から頬にかけてを押しあてた。冴子はコットンシャツの下に軀《からだ》を締めつけるものはなにも身につけていなかった。

乳房を押し潰した。乳首の位置に唇を押しあてた。乳首は徐々に存在をあらわにしはじめ、タケの唇をやんわり押しかえした。

タケはシャツのうえから乳首を含もうとした。そこまでだった。あっさり解放された。タケは腹立しくなった。

――挑発するだけしやがって。

タケの視線に暴力的な光が宿った。雄《おす》の眼差しだった。

冴子は果物ナイフをつきだした。タケの眼前で、ナイフの切っ先が、蛍光灯の白い光を反射して、残像となって揺れた。

ナイフをつきつけながら、冴子は微笑している。タケは途方に暮れてキッチンから逃げだした。

★

デスクのうえには、全体のプロポーションがデフォルメされた妙なかたちのＹＺＲ５００が転がっていた。あきれたことにチャンバーがガソリンタンクのうえから生えている。タケは溜息を呑《の》みこんだ。

「おまえは、なにをやらせても、ほんとうに投げ遣《や》りだな」

「父親にむかっておまえはよせ」

猫は顔をあげずに受け答えをし、紙やすりでなにか一心不乱に磨いている。

「なに、磨いてんだよ」

「ああ……爪だ」

「爪……？」

「そう。爪の手入れは紳士の身だしなみだ」

猫は磨きあげた中指を立て、ファック・ユウと呟いた。その指を卑猥《ひわい》にふるわせて見せた。

タケは舌打ちした。紙やすりはYZR500のスリックタイヤを削るために買ってきたものだ。

プラモデルのタイヤは、二輪四輪を問わず、妙につやつやテラテラしていてリアリティに欠ける。そこで軽くやすりがけしてゴムの表面を荒れさせてやると、実車のように見えるのだ。

「どこにタンクのうえからチャンバーが生えてる単車があるかよ」

「チャンバー……婆ちゃんの隠語か？」

「ツウ・サイクルのマフラーのことだよ」

「ああ、これか。先に後輪をくっつけちまったからな。おさまらなくなってな。棄てるのもナンだろう。枯れ木も山のにぎわいってやつだ」

「おまえ、諺《ことわざ》の意味、わかってるの？」

「こら。父親にむかっておまえはよせと言っただろう」

「あーあ。まったく悲惨な父子家庭だよ」

「父は息子のために再婚もせずに必死で頑張っているではないか」

「おまえの先月の稼動日数は、四日だぞ」

「細かいことにこだわるな」

「――おまえ、冬のあいだ、ほとんど働かなかった。それを冴子さんに問い詰められてなんと言った？」

「さあ」

「春になれば、人も動物。発情期だ。浮気だ、不倫だ、性交だ。探偵の仕事も本番だ、そう言ったんだよ」

「そんなことは言ってない」

「言っただろう！」

「俺は、探偵の仕事もナマ板本番だ、と言ったはずだ」

「テメエ！」

タケが猫の胸倉をつかもうとしたとき、冴子がトレイをもって入ってきた。紅茶の香りと柔らかな湯気が漂った。きれいに皮をむかれたりんごが小皿に載っている。

「なに？　なまいたほんばん、て？」

「ストリップでだな――」

猫はタケの視線に気づいて、口をつぐんだ。おおげさに肩をすくめる。

冴子はデスク上の歪んだＹＺＲ５００を一瞥《いちべつ》する。溜息まじりに呟く。

「ひどいね」

タケは首を左右に振る。苦笑がうかんでいる。

「俺、泣きたいよ」

タケは、気落ちした表情で続ける。

「俺は、なんとかオヤジを更生させようと頑張っているんだけどな」

「偉そうに言うまえに、てめえが更生しろ」

「なんだと！　おまえのせいで、俺は高校サボって、稼ぎにでてるんだろ！」

冴子が眉をひそめた。タケと猫を見較べた。

「それで……タケ、早起きしてるんだ？」

タケは下唇を噛んでうつむいている。

「そう……そうだったの。じつは、このあいだ、わたしがお金を都合して、事務所の家賃を持って行ったの。そうしたら、家賃はいただいたって。タケが払ったんだ？」

猫はタケと冴子を交互に見た。いかつい首を縮めて、卑屈な愛想笑いをうかべる。

「いや、なんてえのかな。さすが我が息子。新大久保で立ちんぼか。道理で、躯がたくましくなってきたよ。よしよし。若いうちは、まず躯だよ。肉体労働で鍛えた筋肉は、本物だ。俺だって、親に丈太《じょうた》という頑丈そうな名前をもらって、そのとおり育った。タケも威男《たけお》という名を俺からもらって、立派に育っている。威というのは、つよいという意味だ。つよい男。どうだ？」

「うるせえよ。ベラベラと」

タケは吐きだすように言った。冴子の眼差しも冷たい。猫は曖昧《あいまい》に視線をそらした。

「まあ、なんだ、大の男が、たかがプラモデルくらいでいつまでもウジウジしてるんじゃない。形ある物はいずれ壊れる。これ、すなわち物の道理であり、運命だな」

「ばか！　タケはプラモのことなんか言ってるわけじゃないわ」

冴子が迫った。タケがとめた。

「形ある物は、いずれ壊れるか。じゃあ、そのひしゃげた単車も壊してみな」

猫は即座に、無表情に、分厚い掌《てのひら》で、ＹＺＲ５００を叩き潰した。

冴子は思わず口に手をやった。目を見ひらいた。ＹＺＲ５００は完全に潰れていた。

デスクのうえには、プラスチックの破片が飛び散っていた。タケは手を伸ばした。

猫の腕をつかんだ。

猫の掌は、血まみれだった。プラスチックの破片が幾つかめりこんでいた。タケはしばらく凝視して、言った。

「ばか」

猫はニヤッと笑った。冴子にむかって掌をつきだした。

「血、舐めさせてやろうか」

冴子は狼狽した。口の中で、救急箱……と声をあげた。猫はおどけた表情で掌の血を舐めた。タケが醒めた声で言った。

「冴子さん。気にしないで。こいつは化け猫オヤジだから」

猫は眉間《みけん》に縦皺をよせた。

「いいか。俺はおまえの父親だ。いいかげんに言葉遣いには注意しろよ」

「はい、はい」

「はい、は一度でよろしい」

「はい、はい、はい、はい、はい」

「ま、今日のところは大目に見てやろう。そろそろ陽も暮れる。各々方《おのおのがた》。出陣じゃ」

冴子とタケは顔を見合わせながら猫のあとに従った。事務所の扉をロックするのはタケの仕事だ。ちょうど眼の高さに、仁賀《にが》探偵事務所と刻まれたアクリル板がある。

タケは指先でアクリル板の仁賀という文字をなぞる。

仁賀丈太……仁賀威男……心の中で呟く。新大久保の雑居ビルの四階だ。埃まみれのコンクリの廊下。積みあげられた古新聞。ビールの空き瓶。空の鮨桶、出前の丼にたまった雨水。踊り場から見える焼肉屋の赤いネオンと、パチンコ屋の裏口。黴《かび》臭い空気。

タケは我に返る。あわてて、猫と冴子を追う。階段を転げるように駆けおりる。

なにやら鼻唄まじりの猫を先頭に、西大久保公園の一方通行を、職安通りに向かう。一方通行に迷いこんで逆走してきた車のテールをタケが手の甲でコツコツ叩く。

のどかな春の夕暮れだった。職安通りを渡って歌舞伎町に入ると、猫はいろいろな人物に挨拶される。ヤクザ。ポンビキ。オカマ。ホステス。バーテン。板前。中国人。台湾人。韓国人。フィリピン人。コロンビア人。売春婦。酒屋。乾物屋。出前持ち。そして酔っ払い。

タケも愛想を言われて満更でもない。どうしようもない父であるが、この街の人々には尊敬され、親しまれている。

「ララって、そんないい女なのか」

タケが訊くと、冴子はふかく頷いた。

「さすがの猫も、ここまで酒代をためてしまうと、店の人がおいでと言っても行きづらいお店ばかりなわけ。でも、ララさんだけはちがう。お金のことなんか、ひとことも言わないの。猫ならいつも大歓迎」

「物好きだな。そんなにオヤジに惚れてるのか」

「もう、夢中。けっこうお金にはうるさい人だけど、猫だけは別なんだ」

「ふうん。なんだ、接待してやるなんて抜かしやがったけど、ララの店なら、金の心配しないですむってわけか」

先をいく猫が大きく伸びをした。つられて、冴子があくびした。タケは冴子を横目で盗み見た。以心伝心という四文字熟語が胸をかすめた。

2

タケはカウンターの左隅で、口を尖らせてCDのケースを弄《もてあそ》んでいる。ときどき、腹に据えかねたように溜息をつく。

「きれいな息子さんねえ。噂には聞いていたけれど、こんな美少年だとは思わなかった。あたしには、どうしても猫の子供とは思えない。鳶《とんび》が白鳥を生んだのね」

ララが両手を祈るように組んで、上半身を捩《よじ》って言った。はあーと吐息をついているタケから猫に視線を移した。

「なんで、早く連れてきてくれなかったの」

恨めしそうに言った。猫はロックの氷を派手に嚙み砕き、聞きとりにくい声で言った。

「ララにタケを見せたら、タケの貞操があぶないじゃないか。タケは俺の最終兵器なんだよ」

「あたし、乗り換える。猫からタケに乗り換える」

冴子が割りこんだ。

「ほっとした。猫がララさんに犯されてしまうんじゃないかって、じつは内心不安だったのよ」

「冗談じゃないわよ。猫なんて、男性的魅力はあるけど、醜男《ぶおとこ》だもの。そこへいくと、タケは男性的魅力プラス美男子。勝負にならないわ」

「あら、失礼よ！　猫は、これでもわたしの彼なんだから」

冴子とララは和気藹々《あいあい》である。猫も苦笑しつつ、カナディアン・クラブのロックを舐めて御機嫌である。タケだけがおさまらない。

「オヤジ。プラモデルの金、かえせよ。それだけじゃない。俺が稼いで払ってやった家賃も耳を揃えてかえせ」

「なぜ」

「どこに美女がいる？」

「眼のまえで身を振っているじゃないか」

「なんだよ、あれは」

「美女だ」

「髭をきれいに始末してから話を聞こう」

「あら嫌だ。あたし、店に出るまえは、ちゃんと毛抜きで抜いてるわよ」

「おじさんは、黙っててよ」

「おじさん！　おじさんですって！」

「うるせえよ。金切り声、あげるな、おっさん」

「おっさん！　おっさんですって！　言いやがったな、この小僧が！　てめえ、あたしがか弱い女だと思って舐めてるな。外へでろ。てめえの包茎ひん剝《む》いて、女の底力を見せてやる」

　タケは苦笑した。苦笑はすぐに泣き顔にかわった。がっくり首を折った。冴子が釈明するように言った。

「堪忍してあげて、ララさん。タケ、今日一日、猫にひどい目にあわされて、ちょっと気がたっているの」

ララはフンと横を向き、ビールをひと息で飲みほした。おなじくタケも、フンと横を向き、水割りを飲みほした。

ほかの客たちは、おもしろがってニヤニヤしている。猫は他人事《ひとごと》のようにロックグラスにカナディアン・クラブをつぎたす。

唐突にララが向き直った。猫はどこを見ているかわからない細い瞳《め》でララを見あげた。

「なんだ？」

「呑み代、払って」

「呑み代……」

「わたくし、慈善事業をしているわけではございませんの。ララの店は、営利企業ですの」

「どうした、いきなり……」

「あたしの言うことを理解なさっていないようね。いいこと。いままでためたお酒の代金、いますぐ払ってちょうだい」

冴子が自分の財布を取りだした。

「ごめんなさい。いまあるお金は、これだけだけど」

「なにスカしてるのよ。それっぱかしの金で。いいこと、おねえさん」

「はい……」

「猫は五年間お金を払っていないの」

「五年間……」

「あなたと猫が獣みたいに不潔な交尾をする以前から、猫はあたしの店にきて、呑むだけ呑んで、まったくお金を払っていないの」

内心むっとしたが、冴子はかろうじて笑顔をつくって頭をさげた。

「申し訳ありません」

「誠意はお金で示してくれなくちゃ。淋《さび》しいオカマには、お金。お金しかないの。年老いたオカマの面倒を、誰が見てくださるというの？　この店だって、地上げ屋がねらっているんですからね」

「この辺りの地上げは一段落しただろうに」

「いいえ。ゴールデン街で地代がいちばん高いのは、ここなんですのよ。皆さん御存じないでしょうけど」

「見栄はるなよ。たいした土地じゃない」

「うるさいよ、文無し猫が！」

ララは猫の前のカナディアン・クラブのボトルを取りあげた。にっこり、ねっとり笑う。

「打ち止め」

「まて、今夜だけ。な、こんど来るときは、耳を揃えて金持ってくるから、な」

「そんな科白は聞きあきた。どの客もおなじことを抜かしやがる。さ、金が払えないなら、いますぐ出ていきな」

猫は愛想笑いをうかべた。意地汚く手もとのグラスをつかんで飲みほした。冴子はいささか投げ遣りな気分になっていた。どうにでもなれと、店内に流れているクラシックに耳を澄ます。

タケはあいかわらずＣＤのケースを弄んでいる。やはり投げ遣りな気分だ。空のＣＤケースには、チャイコフスキーのピアノ協奏曲第一番とある。いま店内に流れている曲だ。

「ちょっと、あんた」

ララがタケに声をかけた。タケは無視して、スピーカーから流れる馴染みのメロディをいいかげんに口ずさんだ。

「てめえ、無視しやがる気か、この小僧が」

タケは上目遣いにチラッとララを見た。

「なに」

「昼間、なにやってんだ？」

「俺……？　俺は学生だよ」

「大学？」

「高校。大学には行きたいけど、オヤジがオヤジだからな。留年してるし、進学は不可能だと思うよ」

ララは猫を睨《にら》んだ。タケは横を向いて舌をだした。大学に進学する気はほとんどない。うまくどこかにもぐりこめれば、それはそれでわるくないが。

「ちゃんと高校に行ってるの？」

「いや、オヤジを養うために、立ちんぼにでているよ」

「そんなことだろうと思ったよ。この性悪猫は、自分の息子まで食い物にするのさ」

「そうなんだ。俺はひどいめにあっている。児童虐待ってやつですか」

タケが調子にのって言うと、ララは頷いた。腕組みして、ふかく頷いた。

「あんた、昼はちゃんと学校へ行きな」

「それができればねえ」

「うるさい。いい、昼はちゃんと学校へ行く。夜はここへきて、カウンターの中に入る」

「誰が？」

「あんただよ」

「俺？」

「そう」

「働くの？　この店で」

「そう。一人前のバーテンに仕込んでやる」

「いいよ、俺。今のままのほうが気楽だし」

「だめ。オヤジが呑んだ酒代を、息子が働いてかえす。なんという美談なんだろ。涙がでるね」

「――俺は溜息がでるよ」

「若いうちからハア、ハア、やってんじゃないよ。さ、今夜から働きな」

★

問答無用でカウンターの中だった。洗い物をさせられた。酒の位置、つまみの乾物《かわきもの》の入った缶、その他諸々《もろもろ》。ひと息に教えこまれた。もちろん覚えきれなかった。タケはララに小突かれながら、仕事した。

猫の前には、カナディアン・クラブのボトルが戻っていた。猫はスピーカーから流れるクラシックに、でたらめに指揮をつけている。客たちは大受けだ。冴子もいっしょになって軀を揺らせ、口を押さえて笑っている。

新しい客がやって来た。タケをじろじろ見た。ふうーん、とニヤついた。

「バーテン、雇ったのか」

「そう。仁賀威男君。タケって呼んで」

受け答えをしながら、ララがタケの尻をつねった。タケは投げ遣りに、だらけた口調で、言った。

「いらっしゃーい」

「はいはい、お邪魔しますよ。威男君は、ママの愛人？」

「いいえ。奴隷です」

「奴隷か。いいねえ。すべてをご主人様におまかせする。理想の生きかただね。自分で考える必要がない。うらやましい。ボトルだして」

「自分でだせよ」

「あっ、ママ。この奴隷、生意気な口をきくよ」

タケはふたたび尻をつねられた。

「坂口さんのボトル、おだしして」

「あれ、ママ。この奴隷、涙ぐんでるよ」

猫の指揮は、異様に盛りあがっていた。自分で勝手にかけたベートーベンの第九である。ほかの客も立ちあがって、バイオリンを弾くポーズをとった。

すぐに追従する者があらわれた。酔っぱらいたちは大声で第九のメロディをがなりたてる。店内は異様な熱気だった。

「大晦日《おおみそか》じゃないのよ！」

ララが怒鳴った。けっきょく猫といっしょになって指揮を始めた。タケは、黙って洗い物をした。

3

ララは頭が良かった。数学でも英語でも、タケが眼を瞠《みは》るほどだった。
タケ自身、学校は嫌いだが、勉強が嫌いなわけではなかったから、学校を終えると
ララの店に行く。
手早く仕込みを終えてララを待つ。三日にいちどくらいの割合で、ララは早めに店
に入り、タケの家庭教師をしてくれた。
客が来るまでの間だけの家庭教師だが、タケは自分の実力がめきめき上がっていく
のが実感できた。
いままでタケは、わからないところを冴子に教わったりもしたが、ララはまったく
超越的だった。とくに数学が凄かった。学校の教師が馬鹿に見えるほどだった。
その日は雨が降っていた。タケは一応サッカー部に所属していたが、興味を失って
いた。ここ数カ月、部活にはでていない。顧問の教師に呼び止められたが、ミーティ
ングがあるというのを無視して、ララの店に入った。
ララは雨が嫌いだった。雨の日は起きるのが懈《だる》いと言って、店になかなか顔をださ

なかった。

だから今日は自習ということになる。タケは手早く仕込みを終えた。このあたり、自分でもなかなか手際がいいというか、要領がいいと思う。

タケはおしぼりを持ってくる組のチンピラ、あるいは酒屋をはじめとする出入りの業者ともうまくやっていた。

バーテンの仕事も嫌いではなかった。客商売は、なかなかにおもしろい。機転をきかせて客の受け答えをするのは、じつにスリルがあり、楽しいものだ。

タケは参考書をひろげながら、雨の音に耳を澄ました。独白した。

「充実だね」

大きく深呼吸した。カウンターに頬杖ついて、参考書に視線をおとす。

雨は嫌いではなかった。ララは懈くて動くのが嫌になるというが、タケは、心がしっとり落ち着くのを感じた。

ララはクラシック音楽が好きで、たくさんCDを持っていた。タケはそれを適当にかけて、勉強をするようになっていた。雨音にクラシック。口にすれば嫌味だが、なかなかよくあうものだ。

扉がひらく気配がした。タケは後ろを見ずに言った。

「今日はおしぼりは、いいです。昨日あんましお客さん入んなかったから……あまっちゃって」

背後の影は、無言だ。タケはようやく我に返った。参考書から顔をあげた。

藍色をしたビニールの合羽を着た男が入口に立っていた。合羽は出前持ちや新聞配達が使う通称ラーメン・ガッパというものだ。

合羽を着た男と視線があった。男の唇が引き攣《つ》るように歪んだ。笑いだった。酷薄な匂いがあった。合羽を濡らした雨水が床に滴《したた》っている。

「ララは」

男がみじかく訊いた。タケは首を左右に振った。

「ママは、まだです。今日は遅くなると思います」

「あいかわらず雨が嫌いとか抜かしてやがるのか」

タケは愛想笑いをうかべて、頭をかき、頷いてみせた。

「おまえ、モーホー?」

「ちがいますよ。オヤジの借金のカタで、強制労働です」

「オヤジ?」

「はあ。呑むだけ呑んで、金が払えなくて……五年分以上ためやがったんです」

「自分でもそう思いますよ。ま、馬鹿な親をもったのも運命とあきらめてますけど」

タケは男の履いているゴム長靴を見つめた。濡れて、黒く艶《つや》やかに、鮮やかに光っている。

男はそんなタケに、薄笑いを向けている。

「――おまえ、俺が怖くないの？」

「怖い……いいえ。あの、もし、生意気な口ぶりだと思ったら、許してください。あの、なんていうのかな。おじさんは、確かに只者ではないという感じはします」

男の背後から、雨が吹きこんだ。いいかげん、ドアを閉めてくれないかな、と思った。

もちろんタケはそれを直接には口にしない。

「もしよかったら、開店前ですけど」

男は軽く小首をかしげてタケを窺った。

「おまえは疫病神《やくびょうがみ》を招き入れるのか」

「おじさんは、疫病神ですか」

「天使じゃない」

「孝行息子だな」

「そうですね。ラーメン・ガッパを着た天使というのもおかしいですもんね」

「おまえは物怖《ものお》じしない子だな」

男はゆっくりドアを閉め、店内に踏みこんだ。濡れた手でカウンターの参考書をめくった。男の指は、雨水に白くふやけていた。

「算数、好きなの?」

「いえ。あれこれ勘定するのは苦手です。俺は本を読まない文学青年だから」

タケはロックグラスを用意し、ハーパーのボトルを示した。男は頷いた。

「おまえ」

「はい?」

「おまえ、じつにいいな」

「はあ?」

「じつにいい」

「――ありがとうございます」

男は合羽を脱がずに、カウンターに座った。体温のせいか、合羽から微かに水蒸気があがっている。

「あの……せめて合羽の頭のところくらい脱いだらいかがですか?」

「そんなに俺の顔が見たい？」

「ええ」

男は合羽の頭の部分をホックごと引きちぎるようにはずした。タケは見惚れた。鋭い顔だった。男っぽかった。

「鷲尾《わしお》っていうんだ」

「俺はタケって呼ばれてます」

「タケか。けっこうお調子者だろう」

「そんなことないですよ」

「ララにやられちゃった？」

「まさか」

「あいつはあんまり締まりがよくない」

「……やったこと、あるんですか」

「うん。ララは、じつは犯すほうなんだ。正確にはなんでもござれ。俺も、先っちょだけ入れられて、まいったよ。でかいんだな、これが」

「鷲尾さんは……ホモなんですか」

「俺が？　冗談じゃない。モーホーの気《ケ》はないよ」

「でも、やったんでしょう」

「やった。やらなければ、いいかわるいかわからないじゃないか」

「そりゃ、そうだけど……ずいぶん勇敢ですね」

鷲尾は含み笑いを洩《も》らして、ロックグラスに口をつけた。

「俺ね、じつはあまり酒が強くないんだ」

「そうは見えないけど」

「体質だね。呑めないわけじゃないんだけど、赤くなるからね」

「呑んで顔色が変わらないほうがおかしいですよ」

「でも、ほんと、赤くなるの。ちょっとね、自意識が傷つくくらい。だから、舐めるだけで格好つけておくんだ」

いいかげん合羽を脱げばいいのにと思いながら、タケは曖昧に頷いた。鷲尾はいきなり立ちあがった。

「電話、借りるよ」

鷲尾は店内のピンク電話をダイヤルした。電話機に覆いかぶさるようにして、なにごとか命令口調で指示している。

タケが所在なげに見つめていると、鷲尾は器用にウインクした。受話器の口を掌でふさいで、言った。

「しばらくすると、おもしろいことが起きるよ」

ふたたび受話器に向かい、なにごとか命令する。唐突に受話器を置く。濡れた音をさせて、カウンターに戻る。

「オヤジの借金、いくらあるの？」

「さあ……」

「金額も知らないで、働いてるんだ？」

「ちょっとアホだなあって、自分でも思うけど……」

「うん。めずらしい奴だな。でも、わるくはないぜ。おまえ、オヤジが好きなんだろ」

タケは頭をかいた。口の中で、あんな奴……と呟いて、照れた。

「しかし、五年間も酒代をためて、息子を借金のカタに働かせるオヤジもたいしたものだ。オヤジは何してるの？」

「いちおう私立探偵ですけど」

鷲尾は宙を睨んだ。

「ひょっとして、眠り猫のダンナかい？」

「なぜ、わかるんですか」

「直感だよ。おまえと猫のダンナは、外見はまったく似ていない。でも、猫のダンナの息子なら、絶対におまえみたいな奴だろう」

「オヤジ、知っているんですか」

「新宿で生きてる者で、猫のダンナを知らない奴は、もぐりだ」

タケは誇らしかった。わずかに胸をそらした。同時に、どことなく悔しさも感じた。人々は、猫、猫、と親しみをこめて呼び、尊敬している。自分はけっきょく、猫の息子にすぎない。

店の外で、エンジンの音がした。原付のスクーターのようだ。スクーターのエンジン音が揺れた。タケは軽く首をかしげた。スクーターのエンジン音にしては軽く、あまりにもけたたましい。妙だ。

「さあ、ショーが始まるよ」

鷲尾が微笑して背後を示した。

直後、店の扉が爆《は》ぜた。

爆ぜたように見えた。

電動ノコギリだった。大型のチェーン・ソウだった。派手に大鋸屑《おがくず》を飛ばして、店の扉を突き破り、切り裂いた。分厚い樫《かし》の扉を軽々と切り裂いた。切り裂かれた隙間から、動力である小型ツウ・サイクル・エンジンの排気ガスが流れこんだ。

排ガスの匂いは、大鋸屑のニスと木の匂いに絡まって、冷たい春の雨の気配を店内にまで運んだ。

タケはカウンターの中で呆然と立ちつくした。鷲尾はカウンターに頬杖ついて、柔らかく微笑している。

第二章　雨あがり

1

雨は不服そうにやんだ。垂れこめていた黒灰色の雲は未練たっぷりに北東の方向に遠ざかっていった。

ちょうど夕刻に雨がやんだので、歌舞伎《かぶき》町は新宿で途中下車した仕事帰りのサラリーマンやOLで、普段よりもにぎわいはじめていた。

濡れた路上は黒光りしている。潤いに欠けるこの通りも、雨あがりは艶やかだ。申し訳程度の街路樹の緑も鮮やかだ。

ここ数日降りこめていた雨がやんだのだ。閉じた傘を片手に、人々はふだんよりも声高に喋った。その表情には解放感があふれている。

その人波が、慌ただしく割れていった。人波が左右に分かれていく様は、十戒という映画でモーゼが海を裂いたシーンを想わせた。人々は切迫した表情で道をあけた。ちいさく悲鳴をあげる女もいた。

鷲尾は藍色をしたラーメン・ガッパにゴム長靴というでたちのままだった。ゴム長靴が足にあっていないのか、あるいは中に雨水が入りこんでいるのか、足を踏みだすごとにガッポガッポという音がした。

その背後に革ジャンにクリーム色の作業ズボンといういでたちの若者が従っていた。若者は濡れねずみだった。長髪が濡れて捩れて、額や頬にはりついている。革ジャンは濡れたせいでヌメヌメ光っていた。

そのポケットには黒いコンバースのバスケットシューズが無造作に突っ込んであり、裸足だった。

どことなく鷲尾に似ていた。鷲尾がその酷薄ないろを薄皮一枚で包みこんで表情の背後に押し隠しているとすれば、若者は剝きだしだった。

裸足の足裏が、まだ濡れている路面をピチャピチャ叩き、殺気が電磁波のように発散されていた。不機嫌そうに眉間に縦皺を刻んでいた。ときどき薄い唇を舐めた。周期的に左右を睨《ね》めまわした。

態度はチンピラだが、そう言い切ってしまうことをためらわせる内側からの迫力があった。よく切れる剃刀《カミソリ》だ。ぼんやり近づいて、ふと気づくと、頰がザックリ裂かれている。そんな不安を周囲に感じさせた。

若者はその印象に荒々しさをつけ加えるかのように、大儀そうに大型のチェーン・ソウを肩にかついでいる。

「すっごーい……電気ノコギリよ」

そんな囁きがとどいた。物怖じしない年頃の、娘たちのグループだった。

若者は先を行く鷲尾の背にむかって一礼すると、五人の少女たちのところに行った。少女たちを品定めするように一瞥して、唐突に言った。

「電気ノコギリじゃない。これは電気ではなくて、ガソリンで動くんだ。ツウ・サイクルのエンジンで動くんだよ」

少女たちは瞳《め》をキラキラ輝かせている。逆に若者を品定めしている。合格だ。圧《お》しころしたクスクス笑いが鮮やかなルージュを塗った娘たちの生意気な唇から洩れた。

「13日の金曜日じゃん」

「フレディ君ですか」

「裕美《ゆみ》の馬鹿すけ。フレディはエルム街の悪夢だろ」

「そーだっけ?」

「無知だよ、無知。電気ノコギリはジェイソン君」

少女たちはホラー映画の題名や登場人物の名を口にして、おおげさに身をよじる。

裕美と呼ばれた娘がむきになって言った。

「でもね、電気ノコギリが映画で最初に使われたのは、悪魔のいけにえだぜ」

「はいはい、あんたは偉い」

「素直さがねーよな。なんだらかんだら言う裕美はうざってーよ」

若者はチェーン・ソウを肩からおろし、杖がわりにして軀をあずけ、少女たちが静まるのを無言で待った。

先を行っていた鷲尾が立ち止まった。振り返った。ゆったりした足取りで引きかえしてきた。抑えた、しかしよく通る声で若者を呼んだ。

「富士丸」

「鷲尾さん。この子」

「よし」

裕美は真正面から若者を見た。

「ふじまる?」

「そう。富士山に丸」

「富士丸……名前？」

「まあな。そんなことより、鷲尾さんが夕御飯どうかって」

「おごってくれるの？」

「来いよ」

声をかけられなかった少女たちが不平そうな声をあげた。

「おまえたちは、またこんどな」

言い終えると、富士丸は腰をいれてチェーン・ソウをかつぎあげた。ぼんやり立ちつくしている裕美にむかって顎をしゃくる。

2

裕美は物怖じしない娘だった。あるいはまだ幼く、物事を知らないともいえた。雑居ビルの一室に案内されて、じっくり周囲を見まわして、呟いた。

「きったねー部屋」

鷲尾はラーメン・ガッパを脱ぎながら、微笑した。胸の煙草をだした。濡れていた。握り潰した。床に投げ捨てた。裕美は肩をすくめた。

「ごみ箱って、ないんだ?」

富士丸が短く答えた。

「気にするな」

「こんど、買ってきてあげる」

「なにを?」

「ごみ箱」

鷲尾が微笑したまま言った。

「必要ない。このビル自体がごみ箱みたいなものだ」

「おじさん、なんの職業? まさかラーメン屋さんの出前持ちじゃないでしょう」

「おじさんの仕事は、保険代理店業だよ」

「保険代理店?」

「そう」

「嘘《うそ》」

「嘘じゃないさ。裕美はバイクに乗るか?」

「うん。スクーター。でも、原付免許《チャリメン》に二度落ちた。恥だね」

「そんな馬鹿にも見えないけど」

「あたし、まったく勉強しなかったから。意地でも教本を見なかった。それじゃ、黄色の点滅信号なんて、わかんないよね」

「いい子だ。おじさんは鷲尾っていうんだけど、いまの若者が大好きなんだ」

「あたしは榊原裕美」

「わかってる。富士丸と話しているのを聞いてたから」

鷲尾はワイシャツのボタンに手をかけた。ボタンをはずしながら、言った。

「バイクの自賠責保険が切れたら、俺に言いなさい。塩梅《あんばい》してあげるから」

裕美は返事しなかった。鷲尾はワイシャツを脱ぎ捨てて、上半身裸になった。さらにスラックスのジッパーをおろした。

「任意保険には入っているか？」

「――――」

富士丸が顎をしゃくった。

「鷲尾さんにたいしてシカトウするんじゃねえ。答えろ」

裕美は顔をそむけた。鷲尾は全裸になっていた。富士丸は腕組みして壁に寄りかかり、かさねて言った。

「任意に入っているか、お答えしろ」

「入ってねえよ」

裕美は男言葉で投げ遣りに答えた。

「鷲尾さんにお願いしな。任意に入れてくださいって」

裕美はしばらく口を尖らして いたが、気圧されて小声で言った。

「任意に入れてください」

「よし。任意に入れてやろう」

鷲尾は裕美の胸に手を伸ばした。

「なにすんだよ！」

「ナニだ。任意に入れてやるんだよ。とっとと脱げ」

鷲尾と裕美の視線が絡みあった。鷲尾は柔らかく微笑している。裕美は挑むように睨みつけている。

けっきょく笑いには勝てないものだ。裕美は眼差しを伏せた。観念した。ふたたび鷲尾の手が伸びた。

「触るなよ！　自分で脱ぐよ」

鷲尾の手を邪険に振り払った。勢いよくトレーナーを脱いだ。下はヘインズの白いアンダーシャツだ。

裕美は、しばらく手を止めた。ジーンズのベルトをはずした。ジーンズのよく似合う娘だった。リー・ライダースの101、ジッパーフライ・モデルだった。男物のいちばん小さいサイズを穿いていた。ロール・アップした裾の、セルビッジの白が鮮やかだった。

脱いだ服は富士丸が受けとった。ブラジャーまでは裕美にためらいはなかったが、ショーツはさすがにためらいをみせた。

裕美はすがるような眼差しで純白の下着を差しだした。

富士丸は無表情に受けとった。手の中で握り潰すようにして、裕美のジーンズのポケットに突っ込んだ。裕美の瞳に安堵がみえた。富士丸は全裸の裕美にむかって頷いた。

「こっちへ来い」

鷲尾が呼んだ。裕美は左手で胸を、右手で股間を隠して鷲尾のところに行った。富士丸はふたたび壁に寄りかかり、腕組みした。

「両手をあげろ」

鷲尾が命じた。裕美は富士丸にすがるような視線をはしらせた。富士丸は完全に無表情だ。裕美はぎこちなく万歳をした。

「薄い腋《わき》だな」

鷲尾は裕美の腋の下に顔をよせた。

「俺は女の腋の下が大好きなんだ」

鷲尾は裕美の腋の下に頬擦りした。裕美は戸惑いの表情だ。

「幼いな。まだ、幼い。幾つだ？」

「……十六」

「高校か？」

「なったばかり」

「馬鹿野郎。子供が生意気に歌舞伎町でたまっているから、こんなことになるんだよ」

「任意で入れられちゃうの……？」

「そうだ」

鷲尾は裕美の顔をのぞきこんだ。

「おまえ、涙ぐんでいるのか」

「冗談じゃないよ！」

「なぜ、あっさりついてきた？」

「悪い人には見えなかったし、夕御飯食べさせてあげるって……」

「飯は喰わせてやる。なにが喰いたい？」

「……フランス料理」

「物好きだな。あんな七面倒臭いもの」

「高い物喰って、迷惑かけてやるんだ」

「それは困る」

「そうだろ。鷲尾は貧乏臭いし、富士丸はオナニー臭い」

「当たっているだけに反論のしようがないが、女の子はもう少し含みをもった言葉遣いをしなければだめだ」

「説教されたくないね」

「すまん。柄じゃない。なあ、見ていいか？」

「嫌！　絶対に嫌！」

「なぜ？」

「――だって」

「だって？」

「だって……お風呂に入ってないもん」

裕美は耳まで赤くなった。鷲尾は裕美の耳の熱を確認するかのように、そっと掌で覆った。丹念に撫《な》でた。

「わかった。じゃあ、片足をその椅子のうえにあげろ」

裕美は鷲尾と向きあったまま、しばらく考えこんだ。右足をそっとパイプ椅子の上にあげた。

鷲尾は裕美の尻に手を伸ばした。両手で尻を押さえこんだ。腰をよせた。しばらく苛立たしげに絡みあい、押しつけあっているようにみえた。

ひとつになっていた。裕美が叫んだ。

「痛い！」

裕美は眼を剝いていた。身を捩った。鷲尾はかまわず動きはじめた。耳元に唇を押しつけて囁いた。

「任意だよ」

★

血だ。裕美の太腿《ふともも》を伝っていく。富士丸は口を半開きにしている自分に気づいた。

あわてて唇をきつく結んだ。

処女を見るのは初めてだった。処女は出血する。しかし、もっと淡いものだと想《おも》っていた。裕美の出血は富士丸の空想を大きく裏切っていた。

汚れた床にちいさな血溜《ちだま》りができるほどだった。裕美は苦痛を訴えている。涙を流している。鷲尾は速度をあげていく。富士丸は壁に寄りかかって立ったまま絡みあう男と女を見つめている。

やがて鷲尾が吼《ほ》えた。鷲尾の尻が小刻みに痙攣した。いつもより、ずいぶん早い。

額の汗を手の甲で拭いながら、掠《かす》れ気味の声で富士丸に言った。

「なかなか……だ」

「なかなか、ですか」

「手元に置いておきたい」

「わかりました」

裕美は放心している。鷲尾は裕美が倒れないように支えながら、富士丸を手招きした。

「替われ」

「はい」

「富士丸もすましてしまえ」

「はい」

富士丸は背後から裕美を支えた。裕美はうっすら汗ばんで、悪性の風邪をひいたかのように体温が高かった。

作業ズボンのベルトを片手ではずした。あらわにした。鷲尾に較べると、ちいさい。人並みではあると思うが、やや恥ずかしい。

「疲れたか」

問いかけると、裕美は頷いた。二度、頷いた。

「鷲尾さん。座っていいですか」

「いちいち了解を得ることか。体位なんてものは趣味の問題だ。好きにしろ」

「いや、鷲尾さんが立っていたしたのに、俺が座るなんて……」

「気にするな。裕美も疲れている。なにぶん初めてだからな。好きなようにしろ」

はいと返事して、富士丸はパイプ椅子に座り、その上に裕美を跨《また》がらせた。鷲尾は身仕度しながら上体を折り、富士丸と裕美がひとつになっている部分を覗きこんだ。

「いいなあ、若者は、乱れてないよ。俺なんか汚らしいからなあ」

鷲尾はしみじみと呟いた。ティッシュを取りだし、裕美の足を汚した血を拭った。

富士丸は裕美を遠慮気味に揺すった。

「おまえはやさしいよな。俺みたいに歳をとると、欲望に負けて、自分さえ良ければいいって具合になってしまうんだ」

言われて、富士丸は裕美をよけいにやさしく扱った。しかし、心の中で、やっていることは鷲尾さんと同じだと思った。

鷲尾は裕美の顎に手をかけて、うつむいている彼女の顔を持ちあげた。

「すまんな。富士丸と俺は、兄弟分だから、ひとつのものをふたりで分けあうんだ」

裕美に向かって頭をさげると、鷲尾は懐をさぐった。革の札入をだした。ブランド物ではない。夜店で売っているような代物《しろもの》だ。相当古く、黒い染料が擦れ落ちて、茶色い革の地がでている。

鷲尾はうーん、と唸り声をあげた。裕美を揺すりながら、富士丸が訊いた。

「どうしました?」

「金がない。フランス料理には、心許《こころもと》ない」

「俺、幾らかありますけど」

「だが、裕美とフランス料理を約束したのは富士丸ではない。俺だ」

「そのとおりです」

「よし。いまから調達してくる」

鷲尾はあっさり背を向けた。出ていった。富士丸は動きを止めた。しばらく、じっとしていた。

自分を包みこんでいる裕美が収縮している。富士丸はちいさな声で訊いた。

「痛いか?」

裕美は首を縦に振ったが、案外のんびりした顔で呟いた。

「さっきよりは、まし」

「血がでた」

「あたしにはよくわからない。ただ、すっげー、痛かった」

「……もっと動いていいか」

「――いいよ」

富士丸は速度を上げた。すぐに終わりが近づいた。切迫した声で迫った。

「裕美、キスしていいか!」

富士丸は裕美の唇をふさいだ。すぐにはずした。苛ついた声で言った。

「俺の口の中、おまえの舌でかきまわしてくれ!」

裕美は遠慮気味に富士丸の口の中に舌を挿しいれた。舌先を絡み合わせた。富士丸は即座に呻いた。

3

路面はだいぶ乾きはじめていた。通気のわるいカッパを着ていたせいで、鷲尾の服は湿っていた。ちいさく胴震いした。

富士丸を従えているときは堂々としてみえるのだが、ひとりになった鷲尾はどこかうらぶれた風情《ふぜい》で、頼りない。肩を縮めて、控えめに区役所通りを新大久保方向に向かう。

その喫茶店は、筋者の御用達だった。会館の一階の、かなり規模の大きな喫茶店だ。ガラス張りで、店内が丸見えだ。内装やソファなどにかなり金をかけているが、垢抜《あかぬ》けない。

パンチパーマ、そして角刈。複数の組のヤクザ者たちがそれぞれ周囲を眺めまわしているが、一種の治外法権で、騒ぎが起きたことはない。

それよりも店内が丸見えなので、なにも事がないときは、自分たちの晴れ姿を通行人たちに見せつけるといった他愛のない自己顕示に終始している。

ヤクザ者のひとりが喫茶店の外から店内を窺《うかが》っている鷲尾に気づいた。

鷲尾と視線が合った。鷲尾は人懐《ひとなつ》っこく笑った。ヤクザ者は深々と一礼すると、大声でなにごとか怒鳴った。店の外にいる鷲尾にはなにを怒鳴ったのかはわからない。

ヤクザ者たちは、いっせいに席から立ちあがった。それは組織を超越していた。対立関係《ハンメ》にある組も、そうでない組の者も、一様に鷲尾に頭をさげた。

鷲尾を知らない駆け出しが礼をするのが遅れ、兄貴分に顔を派手に殴られた。

鷲尾は店内に入った。すすめを断り、入口近くの席に座った。ヤクザ者たちが鷲尾をとりかこんだ。鷲尾は照れたように笑い、呟いた。

「金、ないんだ」

ヤクザ者たちは即座に懐に手を入れた。鷲尾の前に財布の山ができた。鷲尾は山のいちばん上の鰐皮《わにがわ》の財布に手を伸ばした。

「誰の？」

斜め横の、唇から頰にかけて刀傷のあるヤクザ者が顔を輝かせた。

「はっ、私です」

鷲尾は札を抜き出し、厚みを計った。

「持ってるなあ、五十万くらいかな」

「はい。たかが七十万少々、お恥ずかしい限りです」

「ありがとうね」

「いえ、もったいない！」

鷲尾は立ちあがった。真正面の若いヤクザ者の肩に手をおいた。

「おまえ、いちばん最初に財布をテーブルの上に置いた。忘れないよ」

金を抜き取られた斜め横のヤクザ者が、刀傷を歪めて不服そうに言った。

「私は、自分の金を絶対に鷲尾さんに使ってもらおうと思って、最後に置いたんですよ」

「なるほどね」

鷲尾は笑いかけた。ヤクザ者はうつむいた。鷲尾は札をズボンの尻ポケットに無造作に突っ込んだ。背を向けた。ヤクザ者たちは鷲尾の姿が見えなくなるまで、直立不動だった。

路上に出て、鷲尾は立ち止まった。小声で独白した。

「車が要るな……」

苦笑した。

「金に車……こんなことなら、はじめから西口に行けばよかったな」

道ゆくコロンビア系の娼婦が、路上で独り言をする鷲尾を盗み見た。鷲尾は女の視線に気づき、肩をすくめた。区役所通りを引きかえす。

新宿駅西口には保険会社や証券会社のビルが集中している。鷲尾はそのひとつに入った。業務は終わっていたが、残っていた専務があわてて飛んできた。

「森さん、車貸してほしいんだけど」

「いやあ、鷲尾様。ちょうど銀座に出かけようと思っていたんです。社用車ですが、よろしかったらお使いください」

「国産?」

「はい。しかし、ゆったりした3ナンバーです」

「子供、驚かせたいんだ。キャデラックのハイヤーがいいな。とことん、でかいやっ」

「あ、はい。わかりました。すぐ、御用意いたします。おい、君、手配しなさい」

専務は部下に命じた。さらにかたわらに控えている秘書に向かって眼で合図した。

秘書は恭《うやうや》しく分厚い封筒を差しだした。

「これは些少ですが、ここまでのお車代です」

「ここには、歩いてきたんだけど」

「それは、それは。では、これはお散歩代ということで」

専務は揉み手で迎合した。さらに鷲尾の耳元に顔をよせ、囁いた。

「こんど、赤坂に会員制のなかなかおもしろい店ができまして、社長がぜひご一緒したいと申しておりました。それがなんとも——」

「いずれ、ね」

鷲尾はうるさそうに専務を制した。女子社員が入ってきた。鷲尾は白磁の茶碗から立ち昇る湯気に視線を向けた。

茶は京都、一保堂の最高級の玉露だった。女子社員はさりげなく鷲尾を観察した。来客にだす茶やコーヒーにはそれぞれランクがあった。鷲尾には最上級の客にだす茶を用意するように命じられていた。

女子社員には鷲尾がどのような職業なのか見当がつけられなかった。どこかうらぶれた雰囲気の、痩せた中年男。茶の味はわかるようだ。しばらく香りを愉しみ、軽く口をつけ、深く頷いた。

「お茶汲みというけれど、ここまで巧みに茶の温度を設定できるならば、立派な技能職だよ」

まわりくどい皮肉だと思った。女子社員はむっとした気持ちを抑えて会釈《えしやく》した。鷲尾は嬉しそうに笑っていた。茶を口に含んで、眼を細めていた。

可愛い……と、思った。理屈ではなく、女心を溶かす笑顔だった。子供のような笑顔であり、エロティックな微笑だった。女子社員は頰を染めて、応接室を後にした。

キャデラックが来た、という連絡が入った。地下駐車場におりた。専務と秘書が直立不動で見送った。

4

鷲尾は店の者たちに最敬礼で迎えられた。個室に案内された。裕美は落ち着かず、生唾《なまつば》を呑み、ロココ調の内装を見まわしている。

運転手付きのキャデラックが迎えにきたときも驚いたが、銀座の宝石店のビルの地下のレストランに、鷲尾があくびまじりに降りていったときも驚いた。

追い出されてしまうのではないか。叩き出されてしまうのではないか。裕美は真剣に心配したのだ。しかし、燕尾服《テール・コート》を着たウェイターが真っ先に鷲尾に気づき、深々と一礼した瞬間、裕美はさらに不安になった。

このおじさんは、何者なんだろう？

畏《かしこ》まって椅子に座りながら緊張していると、富士丸がマネージャーに軽い口調で語りかけた。

「このあいだのオベルガードスタイルとかいうのはおいしかったですよ」

「ああ、洋梨のお菓子でございますね。しかし、富士丸様。デザートがおいしかったと褒められては、シェフが複雑な顔をいたしますよ」

「いや、この子に食べさせてあげたいなあと思って」

マネージャーは裕美に微笑を向けた。

「お嬢様。ごゆっくりお食事をなさってください。鷲尾様と富士丸様は慌ただしくお食事をなさる方なので、お嬢様がゆっくりお食事をなさって下さらないと、私ども、洋梨のお菓子を準備することができません」

「今日のデザートにあれはないんだ？」

「準備させていただきます。ただし、申し訳ございませんが、ごゆっくり食事をなさっていただくと、当方もありがたいのです」

おどけてみせるマネージャーに、鷲尾が口をはさんだ。

「俺たちの食事は、どこでも立ち食いソバ並みの早さだからな」

「おいしく召し上がっていただいている、と私どもは判断させていただいておりますが」

鷲尾は頷いた。裕美に向かって言った。

「ここのシェフは、フランスで五本指に入る料理人のトロワグロのもとで修業を積んだんだ。値段は高いが、味はそれ以上の価値がある」

マネージャーの表情が嬉しそうに輝いた。なにかリクエストはございますか？　と控えめに訊いた。鷲尾は兎のテリーヌと短く答えた。富士丸はサラド・ファンタジークとフィレー・ドゥ・ソール・アガ・カンと呟いた。裕美には、なんのことかわからない。テリーヌという単語は覚えられたが、富士丸の言った料理名はまったく覚えられなかった。マネージャーが退出してソムリエがやって来るまでのあいだに声をひそめて訊いた。

「テリーヌってなに？」

「肉のかまぼこだ」

鷲尾の答えは素っ気ない。裕美は食い下がった。

「兎を食べちゃうの？」

「うまいぞ。兎の背肉蒸し焼きのナントカもいける」

富士丸が割りこんだ。

「兎の背肉蒸し焼き、サンテュベール風でしょう。ソースに兎の血が使われていて、でも軽くサラッとしていて、なかなかなんだ」

兎の血……裕美は心細げに椅子に座りなおした。鷲尾が笑いかけた。

「肩から力を抜け。おいしく食べるのが、食事における唯一のマナーだ。ここは個室だから、誰も見ていない。

わからないことは、なんでも店の者に訊けばいい。ほんとうに一流の店は、金を払う客に恥をかかせることはない。

富士丸は若いからカタカナの名前もすぐに覚えるが、俺なんか料理の名前なんぞ、ほとんどわからんよ。でも、だいじょうぶ。食いたい物を指差して、口に入れればいいんだ」

裕美は頷いた。鷲尾の視線は不思議に裕美を和ませた。犯された下腹が鈍く疼《うず》いているが、怨みの気持ちはなかった。どうせ棄《す》てなければならないものなのだ。

そんなことより、この不思議な男たちと一緒にいたい。ずっと一緒にいたい。心の底から思った。

★

食事の後は、銀座四丁目のクラブに行った。ここでも鷲尾は最高の扱いを受けた。

ホステスたちはどうしても話題からはずれがちになる裕美を馬鹿にすることもなく、退屈しないよう、いろいろ気を遣ってくれた。

富士丸はすこし酔ったようだ。あいだにいたホステスに席を移させ、鷲尾にぴったり軀を寄せた。唐突に迫った。

「鷲尾さん。あの小僧と、どういう関係なんですか?」

問い詰める口調だった。鷲尾は微笑した。

「どういう関係って、あいつはあのゲイバーの奴隷だよ」

「奴隷?」

「なんでも、あいつのオヤジがあそこで五年分くらい呑み代をためやがったらしいんだ。だから借金を返すためにバーテンをしているんだよ」

鷲尾はほとんど酒を飲まない。ごく薄い水割りを舐める程度だ。富士丸はかなりピッチが早い。はぁー、と酔いの吐息を洩らした。

「オヤジの借金のかたで働いてるんですか」

「そうらしい」

「うざってえガキだ」

「なかなか根性が据わってるぞ」

「そうですかね？　あんなの、ただのボンボンですよ。チェーン・ソウ、ブッ込んだら、眼ん玉ヒン剝いて震えてたじゃないですか」

裕美は取り残されたような気分になって、鷲尾と富士丸の会話に割りこんだ。

「なんの話よ？」

「今日の夕方、ひと仕事したんだ」

「ひと仕事？」

「大きな声では言えないが、借金の催促に行ったんだよ」

裕美は肩をすくめた。

「鷲尾さんの仕事って、借金取りなんだ？」

「ちがうよ。保険代理店と言っただろう」

「借金取りのほうが似合ってる」

鷲尾は破顔一笑した。手を伸ばし、指先で軽く裕美のおでこをつついた。裕美は立ちあがり、鷲尾の横に行った。ぴったり軀を寄せた。押しだされたホステスが一瞬、嫉妬の眼差しをみせた。

が、それよりも、富士丸がきつい眼差しをして大きな声をあげた。

「裕美、兄貴にくっつくんじゃねえ」

「いいじゃない。鷲尾は富士丸のものじゃないもん」

「なんだと？　兄貴を呼び捨てにしたな！」

「ふん。悔しかったら、富士丸も鷲尾に抱かれてみろってんだ」

険悪な空気が漂った。裕美と富士丸は睨みあった。鷲尾がぽつり、独白した。

「俺は幸せだなあ。普通のオヤジは若い子たちに好かれるなんてことは、まずないからなあ」

鷲尾は右手で富士丸の肩を、左手で裕美の肩を抱いた。

「いいか。おまえら、今日から兄妹なんだから、喧嘩するな。裕美は兄をたてる。富士丸は妹をかばう。いいな？」

裕美はハイと素直に返事したが、富士丸は舌打ちして横を向いた。鷲尾は横目で富士丸を示しながら、裕美に笑いかけた。

裕美は肩をすくめて、悪戯っぽい瞳で富士丸を見つめた。

「鷲尾は一回だけだったけど、お兄ちゃんはあたしと三回やったんだよ」

富士丸は眼を剝いた。きまり悪そうに、顔をそむけた。小声であやまった。

「兄貴、申し訳ありません。でも三回は、嘘です。二回です」

「気にするな。俺は三回やれといわれても、不可能だ。うらやましいよ」

「申し訳ありません……でも、この小娘は信用できませんよ。ほんとうに二回なんです」

「どうでもいいことだ。微笑ましいよ」

「このお詫びは、命にかえても……」

「おおげさなことを抜かすんじゃない」

「——俺は兄貴がやれと言ったら、なんでもやりますよ」

「あたしだって、やるよ」

「そうか。ありがたいことだ」

「兄貴……ずっと一緒ですよ、ずっと」

富士丸がすがりつくような声をあげた。鷲尾は深く頷いた。富士丸は悲しそうに首を左右に振った。

「兄貴は、あのオカマの小僧と親しげに話していたじゃないですか。俺は外でしばらく聴いてたんですよ」

富士丸は下唇を嚙んだ。

雨が降りこめていた。肌寒かった。濡れて水分を含んだ革ジャンは重かった。小僧と鷲尾が和気藹々《あいあい》と喋る声が、店の外にまで流れてきた。

なにを喋っているのかまではわからないのだが、なんとも楽しそうな鷲尾の気配だった。富士丸は雨に濡れて滑るチェーン・ソウのグリップを幾度もきつく握りなおした。

いつまでたっても鷲尾から合図はなかった。合図するまで待てと命じられていたが、楽しそうなやりとりの気配に堪忍袋の緒が切れた。

チェーン・ソウのスターターを思いきり引いた。苛立ちのせいか、雨水でプラグまわりがリークしているのか、チェーン・ソウは沈黙したままだった。

幾度もスターターを引いた。狂ったように引いた。指の皮がむけ、血が滲んだ。表現しようのない怒りに支配されていた。

チェーン・ソウを路上に叩きつけようとした。そのときだ。くぐもった音をたて、エンジンが始動した。チェーン・ソウは不規則に振動した。

富士丸は勢いよく回転するノコギリの刃を凝視した。銀色の波のようだ。青黒く底光りしているようにも見える。派手に雨水をはじき飛ばしている。

回転する刃は、富士丸に催眠術をかけるかのようだった。エンジンの振動と回転する刃の慣性に耐えてチェーン・ソウを保持していると、眩暈《めまい》がした。

雨のゴールデン街に立ちつくし、富士丸は自分の想いの中に沈んでいった。自分がどこにいるのかわからなくなった。

富士丸は鷲尾に向かってチェーン・ソウを振りおろす。鷲尾の軀を切り刻む。鷲尾は血と肉片を飛び散らせながら、微笑している。

兄貴、兄貴を殺して、俺も一緒に死にます。富士丸はチェーン・ソウを鷲尾の軀に叩きこみながら、涙を流して囁く。

鷲尾は深く頷く。微笑して、頷く。ここを切断しろ、と言わんばかりに軀をひらく。

富士丸は、鷲尾が好きだった。鷲尾を尊敬していた。鷲尾がすべてだった。ときどき、鷲尾に死ねと命じられる瞬間を夢想した。

恍惚が押し寄せてきた。とくに寝床の中で鷲尾のことを夢想すると、なんともいえない幸福を覚えた。気持ちが昂った。

誰にも言えない秘密だが、鷲尾の夢を見ながら、夢精したことが幾度かあった。鷲尾の照れたような笑顔。鷲尾は微笑しながら、富士丸に死んでくれ、と囁く。

その瞬間、射精していた。射精は、夢うつつのせいかもしれないが、長く、激しく、痙攣するように続いた。

目覚めると、ブリーフはべったり汚れて、乾いて、ごわごわになっていた。富士丸は罪悪感に泣きそうな顔をした。

鷲尾を穢《けが》してしまった。そんな罪の意識があった。汚したブリーフを、下唇を噛みながら生ごみのビニール袋に叩きこんだ。

しかし、夜になると、富士丸は夢に鷲尾が現れるのを密かに心待ちにしている。

鷲尾が夢に現れるのは、稀《まれ》だ。富士丸は自分の気持ちを抑圧していた。鷲尾に恋い焦がれる自分の気持ちに激しい罪悪感を抱いていた。

そのせいで、鷲尾のことを夢想することはおろか、自分の見る夢さえも規制していた。

ホモではないと思う。男に発情するわけではない。鷲尾が好きなだけだ。女のヌード写真に昂奮するし、女を抱いているときは、幸せだ。ホモの奴等のように女の軀に不潔感を抱くわけではない。

女に縛られるのはごめんだが、狂おしいばかりに女が欲しくなる。すこし性欲が過剰なのかもしれない、と自己嫌悪を覚えることがあるほどだ。

――排気ガスの匂い。

チェーン・ソウのツウ・サイクル・エンジンから吐きだされる燃えたエンジン・オイルの匂いだった。

富士丸は我に返った。発作的に扉に向かってチェーン・ソウを叩きつけていた。

大鋸屑《おがくず》が飛んで、富士丸の眼の中に入った。痛みと同時に涙があふれた。癇癪《かんしゃく》を起こした。大鋸屑のせいとはいえ、涙は許せない。

チェーン・ソウは分厚い樫の扉を楽々と切り裂いていく。店内の楽しそうな気配は消えた。切り裂いた扉の透き間から、鷲尾の笑顔が覗けた。

鷲尾はカウンターに座って富士丸を振り返り、柔らかな笑顔をうかべている。そしてカウンターの中に、富士丸とたいして歳の違わぬ小僧がいた。呆然とした表情だったが、躯は行動に移ろうとしていた。

小僧は弾かれたように流しに駆けより、包丁を手に取った。富士丸は委細構わず店の扉を破壊しようとした。が、凍りついた。

鷲尾の首筋に柳刃が押し当てられていた。

★

「あれは、猫の息子、だ」

諭すように鷲尾が言った。富士丸は物思いから醒め、顔をあげた。

「猫の息子……？」

鷲尾は頷いた。裕美がニャアオンと、おどけて鳴いた。へんなの……と、口の中で呟いた。

富士丸は無表情になった。濃いめの水割りをあおった。眼が据わっていた。唇の端が細かく引き攣《つ》った。抑えた声で、訊いた。

「猫の息子ですか」

「猫の息子だ」

噂は聞いたことがあった。猫こと眠り猫。新宿に暮らす者たちが、猫のことを口にするときは、なぜか口元がほころぶ。新宿の愛玩物のような中年男である、と富士丸は認識していた。

富士丸は両手を組み、口の中でもう一度呟いた。

「猫の息子……」

第三章　なにもない

1

なにもない一日が終わった。なにもないということは、なんにもない、ということで、あれから幾日、なにもない日々を重ねたことか。

「いくらなんでもまずいんじゃない？」

冴子が呟くと、猫は微笑んだ。タケは猫の顔を盗み見た。

なぜ、いま、微笑むのか。なぜ、微笑できるのか。なぜ、屈託のない子供のような笑顔をうかべることができるのか。

猫は『いまの時代こそ、いまは亡《な》きソビエト帝国が生みだした究極の時代遅れのゲームがナウでグッドでエンジョイだ』などと意味不明の科白《せりふ》を口走りながらほとんど一日をファミコンのテトリスで終えた。

ファミコンはポータブルテレビと一緒にタケが事務所に持ちこんだものだが、ソフトがテトリスしかない。

一日中励んでいれば、多少はうまくなりそうなものだが、猫は才能がないのか、やる気がないのか、得点は絶望的だ。そのくせ、嬉々としてパッドを操作する。自分の父親ながら、信じ難いものがある。なぜ、ここまで平然と、日々を無為に過ごすことができるのか。

タケなど数日なにもすることがなければ、暇を持てあまし、落ち着かない気分になり、苛々してくるのだが。

ララの店が鷲尾と富士丸に壊されて、タケはバーテンの職を失い、猫は金の心配をせずにすむたったひとつの飲み屋を失った。

もっとも、ララの店は扉と外装の一部を破壊されただけだ。応急処置をすれば、営業も可能なのだ。

しかしララは『お店をリニューアルして、新装大開店、ご祝儀をたっぷりいただくの』などと意地になって店の大改造をおこなっている。

ララは鷲尾のこととなると、妙に意地になる。鷲尾は鷲尾で、嘘か誠か、ララに先っちょだけ入れられたなどと嘯《うそぶ》いていた。

「なんだ？　包茎手術の費用なら自分で稼げ。レーザーメスで、亀頭ぱっちり、自然にむけた感じのクランプ法だ」

「あのなあ、おまえなぁ」

「父親にむかっておまえはよせ」

タケは溜息を呑みこむ。

「なあ、オヤジ。ララは鷲尾が好きなんだろう」

「そんなことはない」

「ないかな？」

「ない。ララが好きなのは、俺だよ、俺」

タケは舌打ちした。同性愛の気のかけらもないくせに、猫は自分が常に中心にいて注目を集めていたいのだ。このあたりは、まるで子供である。

「タケ。同性愛のおじさんは、ほっておきなさい」

冴子が割りこみ、顎をしゃくった。タケは頷き、立ちあがる。

★

「なあ、オヤジ」

気持ちのいい夕暮れだった。オートバイに乗るにはいい季節だ。タケの愛車は十五年ほど前の古いホンダのCB750FZだが、エンジンを900に載せかえ、それをさらに一〇二五ccにボアアップしてある。

いままでに、こいつに幾ら金をつぎ込んだだろうか。高校をサボり、新大久保の立ちんぼに出て、肉体労働で稼いだ金をとことんつぎ込んだ。それでもたりないぶんは、踏み倒した。

物欲は薄い。欲しい物なんて、じつは、ない。しかし、こいつだけは、別だ。一〇五〇〇回転で一六〇馬力を絞りだす怪物だ。

こいつには、幾らだって金をかけてやる。自分が食事を抜いても、こいつにはたっぷりハイオクを飲ませてやる。

「いつ見ても、凄いね……」

そっと冴子がメタリックブルーのガソリンタンクを撫でた。その手をタンクの横腹にまでずらす。

「さかいめ」

囁いた冴子に、タケは怪訝そうな瞳《め》をむける。

「七分めくらいまでガソリンが入っている。ガソリンの入ってるところは掌《てのひら》にひんやり冷たさが染みとおって、空のところは、なんだかぼんやり暖かい」

タケは微笑した。そのままタンクに掌を当てていろと呟き、換装したクロモリ製のパイプハンドルを握る。

ゆっくり車体を起こす。バランスを崩さないように注意して、車体を控えめに揺らす。冴子の掌に、タンク内のガソリンが秘めやかに揺れるのが伝わった。冷たい液体がアルミ製のガソリンタンクを通してさらさら揺れる。

タケと冴子は見つめあう。かるく頷きあう。タケは腕と腰から力を抜き、車体をサイドスタンドに預ける。

「失敗しちゃったよ」

「なにが？」

「キャブをブルー・マグナムのフラットバルブに換えたんだ。強制開閉の四連装。パワーはあがったけど、吸入負圧のせいで抵抗が大きくて、スロットルが渋くて扱いづらい」

「よくわからないけれど、難しいね」

「難しい。アメリカのスーパーバイクのレーサーは、これを腕力でねじ伏せるんだけど……」

冴子はアクセルに手を伸ばした。開閉した。小首をかしげた。たしかにスクーターのアクセルのように軽くはないけれど、大の男が泣きごとを言うほど重くもない。

　タケは冴子の表情を読んで頷いた。

「エンジンをかけると、とたんに重くなるんだ。エンジンは空気を吸いこむポンプなわけ。そのとき負圧がかかるんだ。そして、スムーズに動かなくなる。流体力学で考えればわかるだろう？」

　冴子は、肩をすくめた。

　タケは曖昧に微笑した。オキツモの耐熱で塗りなおしたばかりの黒いマフラーを見つめる。1―3―4―2の順で集合したサイクロン・システムだ。

「いいかげん、免許をとりに行けば？」

　冴子が囁いた。タケはあっけらかんと答えた。

「いいんだ」

「いいんだって、そのうち捕まるよ」

「中免は持っているんだ。無免許じゃない。条件違反にすぎない」

「でも、こんな凄いオートバイに乗っているのに、中型免許のままなんて、格好悪いよ」

「試験官に頭をさげる気はない。愛想を言う気もない。無意味な馬鹿握りに矯正する気も、ない」

「馬鹿握り？」

「クラッチやブレーキを四本指で握ることだよ」

「それが、馬鹿握り？」

「そう。たとえばブレーキングしながらシフトダウンする場合、エンジンを空吹かしして回転をあわせる必要がある。

つまり、ブレーキとアクセルを同時に操作するわけ。四輪で言うヒール・アンド・トゥだけど、馬鹿握りではそれができない。結果リアタイヤはロックする。危険極まりない。

でも、試験場ではそんな無意味で危険な馬鹿握りを強制する。たくさんだよ。別名、試験場乗り。実際の町中ではまったく役に立たない試験に受かるためだけのテクニックがいやというほどあるんだ」

★

理屈っぽいガキだ。富士丸は舌打ちしたい気持ちをかろうじて抑えこんだ。

タケは富士丸に見張られていることも知らず、冴子にあれこれオートバイのことを得意そうにレクチャーしていた。

富士丸にもタケのオートバイが凄まじい代物《しろもの》であることはわかる。一時期、オートバイに凝ったことがあった。タケほどにのめり込みはしなかったが、あれこれいじるのは嫌いではない。

オイルクーラーは、サーク製だろうか。ホースとフィッティングは、間違いなくアールズ製だ。前輪ブレーキはニッシンの4ポットキャリパーで、後輪ブレーキはロッキード。ホイールはダイマグ製のマグネシウムでリアサスはオーリンズだ。

富士丸がそこまで確認したとき、いきなりエンジンが吼《ほ》えた。腹の皮が痺れるほどの重低音だった。あっけにとられた。艶消しの黒に塗られた集合マフラーに消音器はついていなかった。直管だ。

免許は中型のままで、やりたい放題の違法改造。まったく、親の顔が見たい。

富士丸はCB750改の排気音に耳を澄ます。本音でいえば、わるい音ではない。世間の良識であるとか、せせこましい決まりを破壊するパワーが感じられる爆音だ。

人はふたつに分かれる。この爆音を心地よく感じる者と、眉をひそめる者とに。そんなことをぼんやり思っていると、階段の陰から、男があらわれた。眠り猫だ。

猫は顔をしかめていた。ちょうど夕陽がその顔にあたって、薄くオレンジ色に染まっていた。

怒り肩というのだろうか、なんともごつい軀つきをしている。身長は一メートル七十そこそこだが、横に広く見える。

軀つきだけ見ていると、なにやら凶暴なものが漂っているのだが、顔を見たとたんに、あっさり気が抜ける。

なんとものどかな顔をしている。起きているのか、眠っているのか。両眼の位置にはハの字形の線が刻まれているだけで、他人事《ひとごと》ながら、これでまわりの景色が見えるのだろうか？　と心配になってしまう。

富士丸は物陰から凝視する。あきれるほど首が太い。いいな……と思う。手首がやたら骨太なのも好ましい。こんなオヤジが後ろについていたら、なんでもできそうな気がする。

羨んでいる場合ではない。猫とその息子。詳しいことは知らないが、なにかというと鷲尾さんに盾つくララというオカマの味方なのだ。

あのとき鷲尾さんは首筋に柳刃包丁を押し当てられて、微笑していた。猫の息子はうわずった声で、言った。

『なんだか知らねえが、それ以上店が壊れると、このおっさんの首も壊れるぜ』

富士丸はたかをくっていた。猫の息子に包丁を押し当てられて、鷲尾が楽しそうに微笑しているのも気に喰わなかった。渾身《こんしん》の力をこめてチェーン・ソウを振りまわした。おもしろいように店の外壁が弾け飛んでいった。

はっ、とした。鷲尾の着ている藍色をしたビニールガッパに、赤黒い液体がひろがっていた。

『言ったはずだ。このおっさんの首も壊れる、と』

富士丸は呆然と、濡れた藍色のうえを流れおちていく鮮やかな赤を凝視した。チェーン・ソウのキル・スイッチをオフにした。とたんに雨の音が戻ってきた。切り刻んだ新建材のどこか石油臭い匂いが鼻腔に満ち、遣り場のない憤りが迫《せ》りあがってきた。

『小僧……てめえ、なにをしたかわかっているのか』

『首を切ったんだよ。見ればわかるだろう』

富士丸とタケは睨みあった。富士丸はタケを侮《あなど》っていたことに気づいた。そこいらに転がっている並の不良ではない。

緊迫した空気。ところが、そこへなんとものどかな声がした。鷲尾だった。

『知ってるか。出刃包丁というのは、江戸時代に出っ歯の包丁職人が考案して、そのまま出刃と名前がついてしまったんだ』

タケが呟いた。

『これは、柳刃です』

呟きながら、鷲尾の首から包丁をはずした。鷲尾は富士丸にむかって不器用にウインクした。

『こいつ、本気で切ったわけじゃない。加減してたよ。かすり傷だ。ただ、雨水で血がひろがって、派手に見えたんだな』

鷲尾の淡々とした、他人事のような口調に、富士丸は溜息をついた。

タケは包丁を汚した血を布巾で拭いながら、口を尖らして言った。

『無茶苦茶するよな。店がこんなになっちまって。ララになんと言えばいいんだよ』

『すまんな、少年。ララには、鷲尾が、いちいち盾つくな、素直に金を返せと言っていたと伝えてくれ』

鷲尾は首筋の傷を撫でながら、タケから離れた。タケは冗談じゃねえよ、と口の中で呟き、救急箱に手を伸ばした。

『おじさん、これ、貼っときなよ』

鷲尾はタケから大きめの救急絆創膏を受けとって、頷いた。あっさり背を向けた。外に出た。

しばらく行って、ビルの張り出しの陰に入り、富士丸を振り返った。

『貼ってくれるか』

富士丸は無言で絆創膏を受けとった。首筋が雨で濡れているせいで、絆創膏はうまくつかなかった。富士丸は癇癪を起こしかけた。

『つかないか』

鷲尾が訊いた。富士丸は絆創膏を指先で丸めて、地面に叩きつけ、言った。

『――もう、血は止まっています』

★

CB750改のエンジンは充分に熱くなった。タケがアクセルに触れるたびにヴォアッ、ヴォァッと下腹に響く重い音がする。

タケの傍らで、メーターを指差してあれこれ言っている女は何者なのだろう。凄い美人だ。単にきれいな女ならば幾らでもいるが、どうも猫と猫の息子に似つかわしくない雰囲気だ。

なんと言えばいいのだろう、高級感。そうだ。上流社会といった感じだ。貴族の匂いがする。頭が良さそうだ。屈託がなさそうだ。笑顔に卑屈なところがない。

富士丸は冴子の腰に視線を据えた。リーバイスの細みのストレートを穿いている。かたちのいい尻だ。きゅっと締まって、折れそうな腰に続いている。

節制しているのが感じられる。横になって昼のワイドショーを見ながらスナック菓子をつまんでいる女の軀ではない。

タケがなにか言いながら、CB750改のシートをまたいだ。

妙に前に座っているな、と見守っていると、冴子がシートをまたいだ。

そして、猫。どちらかといえば短い足を振りあげ、ほとんどテールカウルの上に座った。冴子をサンドイッチにして、三人乗りだった。

CB750改はあっさり発進した。雑居ビルの自転車置き場のスロープをゆっくり登っていった。

タケはヘルメットをかぶっていたが、猫と冴子は、ノーヘルだった。富士丸は首を左右に振り、小声で呟いた。

「なんなんだよ……あいつらは……」

2

目覚し時計がピピッ、ピピッと嫌《いや》らしい電子音で鳴いている。タケは呻《うめ》き声をあげて、半身をおこす。昨夜の酒が後頭部に、わずかに残っている。

かたわらで寝ている娘が、勘弁《かんべん》してよ……と気の抜けた声をあげた。

タケはベッドから起きあがった。あくびをかみころし、手早く身仕度をした。まだ、夜明け前だ。

顔は洗わない。目頭をティッシュでこすって目脂《めやに》をおとす。腹這いになって寝息をたてている女に視線がいく。

「誰だっけ？」

呟いて、顔を覗きこむ。記憶にない。昨夜はひどく酔っていた。

「やっちまったのかな」

首をかしげ、腕を組む。目覚し時計に視線をやる。まだ十五分ほど余裕がある。

タケは焦って穿いたばかりの作業ズボンを脱いだ。女が軀にかけているブランケットを剝ぎ取る。

女は全裸だった。伸びやかなスタイルをしていた。腹這いのまま口の中でなにごとか呟いてはいるが、起きようとはしない。

タケは両掌を、それぞれ女の尻に押しあてた。そのまま力をくわえ、柔らかく弾力のあるふたつの山を左右に押し広げる。

女が軽く身を捩《よじ》る。甘えた声をあげる。タケは耳元で囁く。タケはしばらく凝視する。そっと重なる。

女は即座に協力の姿勢をとった。

「ごめんよ。出勤時間が迫っているから、サービスはできない」

タケは自分ペースで動きはじめる。時計を気にしながら、動きを早める。微かに後頭部が痛む。二日酔いだ。さらにペースをあげる。汗といっしょに残っているアルコールを追いだす。

★

まだ薄暗い。タケはアパートの階段をリズミカルに駆けおりた。車体カバーをかけてあるCB750改のガソリンタンクのあたりを手の甲で軽く叩く。

行ってくるぜ……心の中で呟く。

中国人留学生の劉《りゅう》は先に出たようだ。気が楽になった。

劉は我が強くて、なにかというと日本人を批判する。まあ、気持ちはわからなくもないが、タケにしてみれば、俺がいったい何をしたんだよ？　といったところだ。

通りに出ようとして、背後に人の気配を感じた。タケは振り返った。暗がりを透かし見た。

「劉さんか？」

「なにが、りゅうさん、だよ」

「――あんた、誰だ？」

「さあね。私は誰でしょう」

「――電ノコのにいさんか」

「チェーン・ソウ富士丸と呼んでくれ」

「あとにしてくんないかな。俺、いそいでるんだ」

「どこに行く？」

「仕事。立ちんぼだよ」

「肉体労働か」

「そう」

「よし。俺もつきあってやるよ」

タケは上目遣いで曖昧に頷いた。富士丸は馴れなれしく肩を組んできた。タケは戸惑いながら、西戸山公園に向かう。

★

山手線の線路に沿った、細長い公園だ。まだ暗いうちからあふれんばかりの人だ。朝の六時までにほとんどの仕事が決まってしまうので、みな陽が昇る前からやってくる。

日雇い仕事の求人は、いま山谷《さんや》などから、新宿や高田馬場に移りつつあった。西戸山公園の他に、駅構内での求人も多い。

山谷などは労働者の高年齢化が進み、しかも労働者の組織がしっかりしているので、雇う側から疎まれているのだ。職がない厳しい状況が続いている。

それに較べて、ここは外国人も多く、相対的に年齢層は若い。老人たちよりはましな労働力だ。使い捨てにするにはもってこいだ。そんなあくどい雇い主が群がっている。

「タケ坊、解体、一万八千円」

顔なじみの手配師が声をかけてきた。仕事にあぶれっぱなしの初老の男が割りこみ、仕事をまわせと迫った。手配師は初老の男を邪険に押し戻し、タケの耳元に顔を近づけた。

「タケ坊なら、二万だしてあげるよ。交通費と昼飯もＯＫ」

「どこ？」

「武蔵関《むさしせき》」

「西武新宿線か。行き帰りも楽だね」

「そう。三人、限定。不景気なんだよ。仕事はないんだ。タケ坊だから、まわしてあげるんだぜ」

耳元で囁く手配師の息が、臭い。歯槽膿漏だろう。

「三人限定か。友達も一緒にいいかな？」

手配師は富士丸の全身を値踏みする眼で見まわした。タケは皮肉をこめて、言った。

「チェーン・ソウを扱わせたら、プロだよ」

富士丸はニヤッと笑った。手配師は富士丸のふてぶてしさに好意を抱き、首を縦にふった。

頭数がそろった。公園を後にする。仕事にあぶれた男たちの投げ遣りで寂しい視線がなげかけられた。

タケは手配師に邪険に断られた初老の男を盗み見る。拾ったシケモクを口の端にくわえ、うつむいている。寝癖のついたままの、乾ききった白髪とまばらな不精髭が脳裏にのこった。

3

作業は民家の解体だった。こんな仕事まで手配師が受けてくるところを見ると、ほんとうに不景気なのだろう。作業は楽ではなかったが、スムーズに運び、予定通り夕刻にはカタがついた。

タケは口許《くちもと》に巻いたタオルをはずした。息をしていた鼻の穴の部分だけ、埃で黒く染まっていた。タオルは黒く汚れているのに、髪は真っ白だ。

地元の工務店の社長から日当《デズラ》を受け取り、確かめ、頷き、まだ現場に壊さずに残してある水道の蛇口をひねる。頭から水をかぶり、ざっと汚れをおとす。

「とっとと替われよ」

富士丸が背後から尻を蹴ってきた。タケは無視して、ゆっくり顔を洗い、うがいする。真っ黒な痰《たん》がでた。

★

「まてよ」

息を切らせて富士丸が追いついた。タケは両手を作業ズボンのポケットに突っ込んで、作業で疲れた懈《だる》い足を引きずるようにしながら、駅に向かうゆるやかな坂を下る。

「シカトウするなよ」

「――なんでシカトって言うんだろう?」

「そんなことも知らねえのか。花札だよ、花札。花札の十は、鹿の絵で、その鹿は生意気に横を向いてやがるだろ」

タケは富士丸に顔を向けた。微笑がうかんでいた。タケ自身は気づいていないが、それは父親にそっくりの、屈託のない子供のような笑顔だった。

笑顔をむけられて、なぜか富士丸は照れた。咳払いした。高飛車な口調で訊いた。

「おまえ、友達はいるか」

タケは肩をすくめた。

「いねえのか」

「ここにいる」

富士丸の顔が輝いた。あわてて不機嫌な顔をつくった。

「俺はおまえなんぞ、友達と思ってはいない」

「なんでもいい。俺の紹介で今日の仕事ができたんだから、缶コーヒーぐらいおごれよ」

「ガキじゃあるまいし、缶コーヒーだ？　情けない。酒ぐらいおごってやるよ」

「酒か。昨日、ボトル半分、飲んだ。すっかり酔っ払って、朝起きたら、すこし頭が痛かった」

「不細工だな。俺はボトル一本は軽いぜ」

「オヤジは底なしだけど、オフクロはほとんど飲めなかったらしい。たして二で割って、俺の場合はボトル半分」

「俺とつきあってれば、強くなるよ」

「俺なんか、ボトル半分で、記憶がなかった。朝起きたら、知らない姉さんが横で眠ってるんだ」

「知ってる。おまえは女におぶさるようにして、そこを右とか、偉そうに道を教えてた。女は嬉しそうにおまえをあやしてた」

「なんで知ってるんだ？」

「細かいことを気にするな」

タケは富士丸を盗み見た。富士丸は昨夜からずっとタケの後をつけていたようだ。

「富士丸、眠くないか」

「——ちょっとな」

「徹夜して仕事したのか……」

「たかが解体。たいしたもんじゃねえよ。俺は体力だけは自信があるから」

「体力か。俺も取り柄はそれだけだな」

★

富士丸は金を持っていた。財布は分厚くふくらんで、はちきれそうだった。

「数えたことはないが、二百万くらいはあるだろう。心配するな」

タケは溜息をのみ込んだ。こんなに金を持っているならば、タケにつきあって苦しい肉体労働をする必要はないではないか。

「一時間座ると、ひとり、まあ十五万くらいかな」

つまらなさそうに富士丸が呟いた。新宿でも五本の指に入るという高級クラブだった。客は医者や弁護士、税理士といった職種が多いという。しかし、見渡したところ、どうも下品な顔をした者ばかりだ。

「一日埃まみれになって働いて二万で、一時間座ると十五万か……」

「気にするな。世の中なんてそんなもんよ。落差を楽しむくらいの精神的余裕をもて」

「とてもそんな気にはなれないよ……」

大理石の丸テーブルにシルバーバカラのボトルが置かれた。となりの席の客がボトルを盗み見た。あっけにとられた顔をして、富士丸とタケのコンビとボトルを見較べた。

「兄貴のボトルだよ」

富士丸は得意そうに言ったが、タケにはその価値がわからない。そんなことよりも、汚れた作業服のままでは、あまりにも場違いだ。肩身が狭く、あまり居心地のいいものではない。

ママの挨拶を聞き流し、富士丸はコニャックを水で割らせて、喉を鳴らして飲みほした。タケはホステスのすすめるままにストレートを毒味するようにそっと舐めてみた。

「どう?」

「――ブランデーの味がする」

ママが真っ先に吹きだし、ホステスたちが続いて爆笑した。女たちはタケの一挙手一投足に過剰反応してはしゃいだ。

やがて酔いがまわり、周囲も気にならなくなってきた。ただ、ボーイが奴隷のように跪《ひざまず》くのだけは落ち着かない。

「おい、タケ」

富士丸が声をかけた。ボトル一本は軽いというわりに、もう眼のまわりがほんのり酔いの色に染まっている。

「おまえ、オヤジさんときれいな彼女を乗せて、どこへ行ったんだ？」

「なんのこと？」

「単車に三人乗りして、はしゃいでやがっただろう」

「……見張ってたのか」

「たまたまだよ、たまたま見かけたんだよ」

タケは富士丸が理解できない。ずっと見張っている。信じ難い。あっけにとられた。異常なまでのしつこさだ。なんともいえない孤独の匂いを感じた。

「ちょっと駅まで送っただけだよ」

「あの単車はスーパーバイク仕様だろう。スペンサーがデイトナでカッ飛んでたやつだ」

「詳しいな」

「あたりまえだぜ。俺はおまえとちがって、きっちり限定解除してるんだ。大型二輪免許をもってるんだよ」

「こんど、乗ってみるか？」

「おまえ、あの単車に入れこんでるだろう。他人に転がさせるのか？」

「富士丸なら、信用できる。運動神経が抜群だからな」

「おまえ、ガキのくせに、人を見る眼があるじゃないか」

タケは苦笑した。同時に人をヨイショする自分の要領のよさに微かな嫌悪感を覚えた。

「いいか、タケ。おまえは兄貴の首に傷をつくったんだぜ。ほかのことはなんでも許すが、俺はそれだけは許さんぞ」

「あれは富士丸が店を壊そうとしたからだ」

「壊す正当な理由があるんだよ」

「関係ない。俺はあの店に雇われていた。店を壊そうとするのを黙って見守っているわけにはいかない」

「まあ、いい。そのことは、いずれケリをつけてやる。今夜は、乾杯だ」

タケは黙ってグラスをあわせた。富士丸は酔いに据わった眼で言った。

「鷲尾の兄貴は、とんでもない男だぜ」

タケは素直に同意した。

「そうみたいだな」

「そうよ。とんでもない人なんだ」

「いったい、何者なんだ？　鷲尾さんは」

「知らないのか」

「知らない。とりあえず興味がないんだ」

「おまえには好奇心というものがないのか」

「ある。でも、人のことはどうでもいいって感じだな」

「あんな目にあったのにか」

「店を壊されたことか。あれはとりあえず、ララの問題だろう」

富士丸は口をすぼめた。横眼でタケを見た。

変わったガキだ……そう、心の中で呟いた。

他人のことを根掘り葉掘り知りたがる奴が多いなかで、たしかにタケは変わっている。しかし、無関心というわけではないようだ。富士丸はタケの距離のとりかたに好感をもった。

「教えてやろう。鷲尾さんは、しがない保険代理店の社長だよ」

しがないと言う富士丸の顔は、得意さでいっぱいだ。

「保険代理店?」

「そう。保険代理店」

「代理店の社長なのに、とんでもない男なのか?」

「とんでもない男だ」

「とんでもない奴なら、オヤジで慣れているけどな」

とたんに富士丸は眉間に縦皺を刻んだ。音たててグラスをテーブルに置いた。

「おまえ、単車につぎ込む金はおろか、生活費がないと言っていたな」

「ああ。実際ヤバいんだ。ちょっと稼いでおかないと、事務所の家賃も払えなくなる。追いだされてしまう」

「おまえのオヤジだがな、金なら、もっているはずだぞ」

「そんなはずはない。まったく仕事してないんだ」

「もってるんだよ。おまえのオヤジは、鷲尾さんにタカリにきたんだ。恐喝しにきた」

「恐喝……オヤジが？」

「そうだ。おまえのせいで倅《せがれ》の仕事がなくなった。どうしてくれる？　五百万払え」

「冗談だろう」

「たいしたタマだ。まったくとんでもない男だよ、おまえのオヤジは。怖いもの知らずも、ここまでくると、危ないぜ。おまえのオヤジは、鷲尾さんを脅したんだぞ」

タケは口をすぼめた。どうやら富士丸は冗談を言っているわけではないようだ。

「で……どうした？」

「鷲尾さんは、金をかき集めて、五百万払った。救急絆創膏の代金だとさ」

「救急絆創膏？」

「おまえが鷲尾さんの首に貼るようにわたしたろう」

★

眠り猫が鷲尾の所有している雑居ビルにあらわれたのは、一週間ほど前だった。変な奴が外にいるよ、という裕美の報告で、富士丸は即座に階段を駆けおりた。

『なにか用か？　おっさん』

『鷲尾を探してるんだ。女高生が来たから、訊いたんだが、逃げられた。あの女高生は、いかにも鷲尾好みだ。俺の好みでもあるがな』

『だから、なんだ？』

『つっぱるな、小僧が』

『なに』

睨《にら》みあった。正確には、男は眠たげな細い眼をしていて、どこを見ているのかわからない。

富士丸は、こんな状況に自信があった。睨みあっているうちに、正常な感受性の持ち主ならば、富士丸が普通でないことを悟り、曖昧に視線をそらす。

しかし、糸のように細い眼をした男は、無表情に前に進んだ。顔と顔が触れあわんばかりになった。富士丸のほうが生唾《なまつば》を呑んだ。

『キス』

いきなり男は富士丸の頬に唇を押しあてた。わざとらしく吸って、チュッという音をたてた。

『驚いたか。愛だよ、愛』

『――』

富士丸に言葉はない。あっけにとられ、無意識のうちにあとずさった。

『いいなあ、若さ。肌の張りがちがうよ』

男は芝居っ気たっぷりに言った。富士丸はハッとした。いまの科白《せりふ》は、鷲尾の真似だ。

『おっさん……鷲尾さんを知っているのか？』

『まあな。会わせてやれよ』

他人事《ひとごと》のような口調だった。富士丸の肩を抱いた。しかたなく、富士丸は雑居ビルの階段を登りはじめた。

『廃屋じゃないか。あいかわらず鷲尾は変わった男だ』

『――寄りかかるなよ！』

『すまん。年寄りには、この階段はこたえるよ』

男は富士丸の首に両腕をまわして、体重を預けている。男の分厚い胸が富士丸の背に押しあてられた。体温が伝わる。

『痩《や》せているな。ちゃんと飯を喰え』

『……大きなお世話だ』

富士丸は狼狽していた。男は煙草の脂臭《やに》かった。それとは別に体臭があった。汗の匂いもした。ごりごりした筋肉の硬さも伝わった。

『猫のダンナじゃないか。なにしてるの？』

上から声がした。裕美の報告で様子を見にきた鷲尾だった。富士丸は首をねじ曲げて、背にもたれかかっている男を見つめた。

『あんたが……眠り猫か……？』

猫はそれに答えず、富士丸から離れた。富士丸の背に押しあてられていた熱が一瞬のうちに消えた。脂臭い体臭も消えた。寄りかかっている重みも消えた。残ったのは、なんともいえない虚ろなものだった。

部屋に案内されて、猫はいきなり言った。

『鷲尾。反省してるか』

『なんのことだ？　反省なら、日々反省の毎日だがダンナほどひどくはないはずだ』

『おまえ、ララの店を襲っただろう。なんで、淋しいオカマひとりくらい、温かい眼で見守ってやれないんだ？』

鷲尾は苦笑した。すぐ、真顔になった。

『俺とララの問題だ。触れてほしくないね』

『ならば、触れるのはよそう。俺は物分かりのいいオジ様だ』

言いながら猫は裕美にむかってウインクした。裕美はフンと横を向いたが、興味津々《しんしん》だ。興味だけでなく、好意も感じている。猫には人の心を溶かし、ひらかせる不思議な力があった。

『ララのことは、俺の知ったことではないから放っておくとして、今日きたのは、他でもない。倅のことだ』

『タケって言ったっけ。じつにいいよ。さすがダンナの倅だ、と思ったね』

『ヨイショしてもまからんぞ』

『なんのことかな?』

『今日は慰謝料をとりにきたんだよ』

『慰謝料?』

『鷲尾。おまえのせいで、我が最愛の息子は、仕事をなくしたんだよ。結果、日々、呆然《ぼうぜん》として過ごしている』

鷲尾は溜息をついた。舌打ちした。皮肉な眼をした。

『幾ら欲しいんだ?』

『そうだな。五百万』

『五百万……』

現実感がなかった。富士丸はぼんやり見守っているだけだった。しばらくして、鷲尾は頷いた。

『いいよ。五百万。払ってやる。ただし、これはダンナに払うんじゃない。ダンナの倅に、猫の息子に払うんだ。救急絆創膏……嬉しかったからな』

★

「――とにかくオヤジは、鷲尾さんから五百万せしめたんだな？」

「そうだよ。恐喝に出向いてくるおまえのオヤジも信じられねえが、はい、そうですかと、あっさり払う鷲尾さんも信じられねえ。まあ鷲尾さんにとって五百万なんて、はした金だがな」

タケは首を左右に振った。富士丸が皮肉っぽい眼で覗きこんだ。

「おまえは立ちんぼに出て、埃にまみれて必死で二万稼いでる。ところがオヤジは、おまえをダシに使って五百万、手に入れてるんだぜ」

「富士丸」

「なんだ？」

「オヤジだけど……。金もない。仕事もない。なにもない。そんなことを口走りながら、毎日ファミコンをやってる」

「なにもない、か。たわけた科白だ」

「俺、一生懸命働いたんだぜ――」

オヤジのために、という言葉をタケはかろうじてのみ込んだ。下唇を噛んだ。両手をきつく握った。

富士丸はタケを嘲笑《あざわら》ってやろうと憎々しげな顔をつくった。ハッとした。息をのんだ。

タケは涙ぐんでいた。

悲しそうな、心底悲しそうな表情だった。

富士丸はうつむいた。掠《かす》れ声で言った。

「タケ。出よう」

第四章　血の衝動

1

ゴールデン街を抜けた。改装中のララの店の前も通った。しかし富士丸はそれにまったく気づかないどころか、自分が破壊しようとしたことも忘れているかのようだった。

地上げでところどころ歯が抜けたようになっているゴールデン街だが、金曜の深夜なので活気があった。店内のざわめきが、路上にまで伝わっている。グラスだろうか、ビール瓶だろうか。タケの耳はガラスの割れる音を聴きわけた。

高級ブランデーでも焼酎でも、酔ってしまえばいっしょだ。富士丸はそんな意味のことを独白するように呟いた。タケはもっともだ、と頷いた。おたがい、酒の味がどうこうという年頃ではない。

富士丸は花園神社の階段に腰をおろした。タケにむかって隣に座れと顎をしゃくる。腰をおろすと、尻がひんやり冷たい。境内は防犯上の配慮で、やたら明るい。

「ほら」

ベトコン・ズボンと呼ばれる作業ズボンの太腿の脇にあるポケットから富士丸がとりだしたのは、缶コーヒーだった。

「いつ、買ったんだ?」

富士丸はそれに答えず、黙ってプルタブを引いた。タケもそれに倣った。富士丸の体温で生ぬるくなったコーヒーを喉に流しこむ。

「なぜだろう、缶コーヒーは芋の味がする。サツマイモみたいな味だ」

眼を細めて富士丸が呟いた。タケは首をかしげる。

「そうかな」

「そうだ。芋の味だ」

「酔いざましのコーヒーか」

「なに、いっちょまえこいてやがる」

富士丸がひやかすと、タケは照れ笑いして、コーヒーを飲みほした。富士丸はタケの横顔を見つめて言った。

「おまえ、かわいいところがあるな」

「俺が?」

「そう。愛敬《あいきょう》がある」

タケはなんと答えていいかわからず、飲みおえたコーヒーの空き缶をもてあそぶ。

「鷲尾の兄貴も、とんでもない人だが、愛敬がある」

富士丸の呟きに、タケは猫を思った。オヤジもとんでもない奴だが、愛敬だけは、あきれるほどある……。

「なあ、タケ。おまえは兄貴の凄さがわかってないだろう」

「しがない保険代理店の社長だろう」

「それは仮の姿さ。商法改正のとき、面倒みている保険屋が看板もってきたんだ。当時、面倒みている企業がいろいろな看板もってきたらしい。警備保障会社、ビル管理会社……。

右翼になれってすすめた人もいたらしいけど、兄貴は、それは真剣に右翼活動をなさっている方に失礼です、と断ったんだ。

で、いちばん先に看板もってきた保険屋の世話になったわけだ」

「富士丸……話が見えないよ」

「鈍い奴だな。この社会は、経済で動いているんだよ」

「経済って、金か」

「そう。兄貴は資本主義を牛耳っているんだよ」

「富士丸。もったいつけるなよ」

「兄貴は、総会屋だ」

「総会屋？」

タケの口調は、そうかいやぁ、そんな具合に語尾がもちあがった、どこかあきれたニュアンスのものだった。

富士丸はそんなタケを鼻で嗤《わら》った。ガキにはわからないさ、そう独白した。

沈黙。座りこんでいる富士丸とタケの傍らを、酔った足どりの男が抜けていった。

「富士丸。タバコあるか」

「いまどきニコ中なんて流行らねえよ」

タケは肩をすくめ、立ちあがった。

「どこへ行く」

「ニコチンを買いにいくんだ」

富士丸は無言でロスマンズのブルーのパッケージを差しだした。

「なんだ、もってるのか」

タケは使い捨てライターで火をつけ、うまそうに煙を吐いた。富士丸はしばらく横目で窺っていたが、自分も咥《くわ》え、タケに顔を近づけた。

ふたりの顔が接近した。富士丸はタケの咥えタバコから自分の咥えタバコに火を移し、上目遣いでタケを見つめた。

「俺、おまえのオヤジにキスされちまった」

「まじかよ」

「鷲尾さんの持ちビルの階段でな。ま、冗談なんだけどさ。眠り猫……か。ぜんぜん訳がわからん」

「いろいろ迷惑をかけちゃったよな。キスはともかく、五百万は、必ず返させるから」

「金なら気にするな。五百万なんて、はした金だ」

「いや、オヤジの年収より多い。はした金じゃない」

「猫の年収は、五百万いかないのか？」

「とても、とても。仕事が大嫌いだからな。オヤジの愛人と俺がオヤジを養っているようなもんなんだ」

「猫の愛人て、単車に三人乗りしていたときの彼女か」

「そう」

「凄い美人だった」

「猫に小判だよ」

「おもろないわ」

「ごめん。俺が冗談言って受けたためしがない」

「気にするな。男に冗談はいらん。そんなことより鷲尾さんは一匹狼の総会屋の頂点に立つ人なんだ。おまえくらいの年頃では鷲尾さんの凄さがわかりづらいかもしれんが……」

たいして歳のちがわぬ富士丸から子供扱いされて、タケは口を尖らす。タケ本人は気づいていないが、そんなところは、もろ子供じみている。

富士丸は唇を尖らしたタケを盗み見て、苦笑しながら続ける。

「鷲尾さんの息のかかった企業は、東京が主だが、関西も入れると千二百社くらいある。年に一社二百万としようか。単純計算でも年収二十四億だ」

「……二十四億……！」

「しかもほとんどが税金のかからない金だ。もっとも冠婚葬祭の義理がけで税金以上の金が出ていくがな。

それに、いくら一匹狼といっても千二百もの企業を鷲尾さんひとりで捌《さば》けるわけがない。で、人を使うことも多い。

この世界は、鷲尾さんが顎をしゃくるだけで、命を捨てる奴がいくらでもいる。鷲尾さんは、そういう奴をきっちり面倒みる。そういった経費も馬鹿にならない。ま、五百万くらい、飲みにいって一晩で遣いきってしまう程度さ。気にするな」

「――――」

「どうした？」

「信じられねえ……。確定申告で、あまりの収入の低さに税理士に疑われて、あきれられて、哀れまれてヘラヘラしてる奴もいれば、鷲尾さんのように億単位の金を稼いでラーメン・ガッパを着て歩きまわってるオッサンもいる」

富士丸は微笑した。

「どっちもおもしろい。共通しているのは、鷲尾の兄貴も、猫も、あくせくしてないってことだ。

まあ、猫のことはよくわからないが、鷲尾さんはあれだけ金があるくせに、現金を持っていないことが多い。生活設計ができないタイプなんだ。

億単位の金を持ちながら、今夜の飯の心配をしなければならないことがよくある。鷲尾さんは俺が面倒みないと、現ナマのベッドに眠ったまま、栄養失調で死ぬかもな」

タケは首をかしげる。

「そんな金持ちの鷲尾さんなのに、なんで、たかがララの借金程度であんな無茶をするんだ？」

「さあな。なにか個人的理由があるんだろう。けっしてケチケチしてるわけじゃない。俺たちの知らないなにかがあるのさ。

誤解するなよ。鷲尾さんは気前がいいよ。金に対する執着がない。俺が欲しがれば、幾らでもくれる。というか、俺が鷲尾さんの収入の管理を任されてるんだ。

俺も、将来は鷲尾さんのようになりたい。だから、一生懸命、修業している。俺の肩書は、鷲尾さんの第一秘書だ」

富士丸は胸を張った。第一秘書……似あわないと思ったが、タケはそれを顔にださずに頷いた。

「総会屋は、ヤクザではない。総会屋に必要なのは、頭だ。以前とちがって、株主総会で騒ぐなんて間の抜けたことはしない。だいたい昔から騒いでいるのは、下っ端《したっぱ》の駆けだしさ。

鷲尾さんは昔から、そういったチンケなことはしないで、いちばん稼いできた。つまらない恐喝はしない。なにしろ頭のできがちがうんだ。業界では天才と呼ばれている。

最高だぜ。経済活動、しかも裏の経済は、最高のゲームだ。鷲尾さんはいつもそう言っている。結果はどうでもいいんだ。過程がおもしろい。頭をつかう。命がけのゲームなんだ」

タケは、こんどは、素直に頷いた。ラーメン・ガッパを着てのし歩いている鷲尾は、どうみても結果を重視して動いているとは思えない。たぶん、そのとき、その瞬間に、集中し、熱中できればいいのだ。

それを刹那《せつな》的という者もいるだろうが、タケにしてみれば、はっきりしない靄《もや》のかかった未来にばかり目を向けて、死んだように生きる者ばかりの社会で、刹那的は素敵だ。

「でも富士丸。そんなに稼いで、どうするんだ？　鷲尾さんも富士丸も、せっせと貯金するタイプには見えないぜ」

「いい質問だ。鷲尾さんは、ねずみ小僧なんだ」

「ねずみ小僧?」

「企業から手に入れた金の大部分は、恵まれない人に還元してる」

「恵まれない人……なんか嫌味だなあ」

「最後まで、聞け。ねずみ小僧は、得意がって貧乏人に金をばらまいた。鷲尾さんは、自分の名前を一切ださない。誰にも気づかれないように、細心の注意をはらっている。タケだから、あえて明かしたんだぜ。俺と鷲尾さんだけの秘密だ」

「そうか。黙ってやってるのか」

「そうだ。俺だって、得意そうに笑いながら慈善をするなんてのは趣味じゃない。鷲尾さんなんか、自分が寄付しているのがばれたら、恥ずかしがって首をつるぜ。

　俺は金銭面の実務を任されている。俺は鷲尾さんに相談して、金の割り振りを考える。日本だけじゃない。外国にも送金する。悲惨な国があるだろう。

　独自のルートがあるんだ。さすがに、国際間ともなると、正直、個人の力では微々たるもんだが……。

　金の行方がわからなくなることが多いんだ。俺はバカくさいからやめましょうという。鷲尾さんは、十億送って困っている人に十万渡るなら、それでいい。送るという」

なんだか、やたら話が大きくなってきた。背筋が痒いような気分になり、タケは富士丸にむけていた視線を曖昧にはずした。富士丸は敏感にタケの気分を察した。

「もちろん、そんないいことばかりしてるわけじゃない。遊ぶときは遊ぶ。派手だぜ。ソープ貸しきりなんて、いつものことさ。鷲尾さんは、べつに慈善事業家じゃない。その気になれば、外国にも悪い遊びをしに行く。それは凄まじいもんだぜ。日本ではできない遊びって、いろいろあるだろう」

富士丸はヒヒヒ……と、奇妙な笑い声をあげた。外国では、いっぺんに何億も遣うと、得意そうに呟いた。すぐに真顔になった。

「だけど、金でカタのつく遊びというのは、すぐに飽きるな。女でもそうだ。愛がないよ。奴隷とご主人様の関係では、なかなか満足できない。

金がないのはまっぴらだが、鷲尾さんは金にたいして、ひどく醒めているんだ。すごい白人の美女を幾人もはべらせて、あくびまじりでチンポしゃぶらせてるよ。つまらなさそうに目頭なんか揉んじゃってな。

白人女のご奉仕ってのは、鷲尾さんくらいの年齢《トシ》の日本人の男にとっては夢みたいな光景らしいんだけど、遊び惚けた後の虚しさってのは、なかなかのものだよ。

なんていうのかな、自己満足が欲しくなるんだ。だから、匿名のねずみ小僧をするんだ。『たいしたもんじゃない。自己満足のためにするんだ』鷲尾さんは、いつも、そう言っている。

俺もそう思う。慈善じゃない。自己満足だ。それはわかっているつもりだ。だからこそ、機会があるごとに俺のいた施設をはじめ、いろいろな恵まれない人の関係に匿名で寄付しているんだ」

「施設？」

「——俺は孤児ってやつだ」

「親はいないのか？」

「ズケズケ訊くんじゃねえよ」

「すまん」

タケが頭をさげると、富士丸は柔らかく微笑して言った。

「俺、施設では上野って名前だった」

「富士丸ってのは渾名みたいなものか？」

「いや、兄貴がつけてくれたんだ。日本一になれってな。

ただ、まだ鷲尾さんから見ると俺なんかガキだからな、丸がついてるってわけよ。一人前になったら、丸はとる。富士になるんだ」

富士丸はひと息ついた。遠い眼差しをした。

「上野ってのは、俺が拾われた場所だよ。上野駅構内」

「捨て子か……」

「おまえは直接的な言いかたをする奴だな」

「ごめん。気遣いができてない」

「まあ、いい。俺は捨て子だ。間違いない」

「いまでもいるのか」

「捨て子か」

「ああ」

「——昔は生活が苦しくて子供を捨てた。いまは」

「いまは?」

「いまは邪魔だから捨てる」

タケは視線をおとした。胸の内がすまなさでいっぱいになった。自分はどこも悪くない。だからこそ、その、どこも悪くないということが、悪い。

片親だが、とんでもない父親だが、充足している。もうたくさんだと言いたいくらいに満足している。

満足しているということは、それだけで、悪い。飢えている者に対して、ごめんなさいと心の中で呟かなければならない。

もちろん、そんなことを直接、口にするわけではない。口にしたとたんに、それは偽善になる。

鷲尾が匿名で、名を隠して寄付をするのといっしょだ。善いことをする場合、最後まで善いことを全うする唯一の方法が、匿名だろう。

善いことをするのは難しい。人の目を意識したとたんに、それは偽善になる。

善いことをするときは、隠れてしなければならない。内緒でしなければならない。他人にばれてはならない。誇らしげに善いことをしてはならない。

万が一、善いことをしたのがばれてしまったら、恥ずかしそうにうつむいてその場を逃げだすしかない。

だいたい人目を意識して善いことをするなんて、じつに格好悪い。

満員電車でこれ見よがしに老人に席を譲るくらいなら、そのままふんぞりかえっているほうがましだ。得意そうに席を立つ。そのデリカシーのなさは絶望的だ。

タケは、そんな、とりとめのないことを考えていた。富士丸の顔を見ることができなかった。正体不明の罪悪感を感じていた。

「いて！」

尻に鈍痛を感じた。タケは富士丸を見た。富士丸は否定した。

「俺じゃない」

富士丸は親指をたて、背後を指し示した。四人組の酔っ払いだった。大学生だろうか。ゴールデン街で飲んで、あれこれ議論して、いい気分、といったところだ。

「邪魔だ。通れないだろう」

たしかに四人横にひろがっていては、通れない。一列になって通れと言いたかったが、タケは立ちあがり、道をあけた。

「ガキが夜遊びしてるんじゃないぞ」

酔っ払いのひとりが捨て台詞《ゼリフ》を吐いた。とたんにタケは切れた。

「蹴ることはないだろう」

抑えた声で言った。富士丸は階段に座りこんだまま、タケの顔を見あげた。完全に血の気がひいて、真っ白だった。危険な顔色だった。

「ひとこと、どけと言えば、場所を空けたんだ」

軀を斜めにして迫るタケのズボンの裾を握って、富士丸は首を左右に振った。

「やめとけ」

「だめだ。腹がおさまらない」

「いいから、やめとけよ」

「だめだよ、富士丸。こいつら、いい気になってるよ」

酔っ払いたちは向き直った。タケの顔をのぞきこむ。タケの顔はまるで少年アイドルだ。美少年。どうあがいても、威圧感のある表情ではない。

さらに彼らは酔いで気が大きくなっているし、四対二という余裕からくるニヤニヤ笑いをうかべている。

「富士丸。やらしてくれよ。こいつら、飲み屋であれこれ偉そうなことを抜かしてたって、故郷《クニ》の親から銀行の自分の口座に、しっかり生活費が振り込まれるんだぜ」

意外なタケの鬱屈に、富士丸は無表情になった。しかし、ズボンの裾は離さない。

「やめとけ」

抑えた声でタケに命じ、立ちあがる。四人組の前に立つ。

四人組は富士丸の異様な気配を察し、身構えた。唾をのみこむ音が聴こえた。

「天下の往来をふさいで、申しわけありませんでした」

富士丸は深々と頭をさげた。タケはあっけにとられて口を半開きだ。

しばらく間があった。四人組のひとりが安堵と不気味さのいりまじった気分のまま、虚勢を張って言った。

「わかればいいんだ。公衆道徳は、まもらなくてはな。他人のためじゃない。自分が気持ちよく生きていくために、だ」

「まったく、そのとおりです」

富士丸は上目遣いのまま、ふたたび頭をさげた。

地方からでてきて、イマ風な身なりをしようと一生懸命なのだろう、しかしジーンズの裾のカットが妙に田舎じみた短さの男が、偉そうに公衆道徳云々《うんぬん》を言った仲間の袖《そで》を引いた。

四人組は言いようのない不安を覚えていた。逃げだすように背を向けた。

富士丸はタケにむかって笑いかけた。タケが口を尖らすと、頷いた。植えこみの区切りを示すために埋めこんである石を引っこ抜いた。

小走りに駆けた。四人組の背後に肉薄した。四人組が乱れた。いち早く振り向いた左端の男の顔面を殴打した。

石と頬骨がぶつかる、カッという乾いた音が響いた。

返す手で、薙《な》ぎ払うように隣の男の耳のあたりを殴打した。耳朶《じだ》が千切れた。

さらに富士丸は向き直った男の鼻をつぶした。玉砂利の上に血が滴りおち、大量の血は染みこむより先に盛りあがって見えた。

富士丸は石を投げ捨て、ひとり残った男の肩を抱いた。

「兄貴、行こうか。もっと公衆道徳の話を聞かせてよ」

2

建設現場だった。造りかけのビルは、鮮やかな月の光を浴びて、やたら陰が濃い。青黒い鉄筋がニョロニョロとはみだしている部分もあるが、おおむねコンクリの型枠を造りおえていた。

石灰の、アルカリの独特の匂いと生乾きのコンクリの湿気が肌に絡みつく。タケは先を行く富士丸と男の背を凝視した。

花園神社での富士丸の動きは素早かった。しかも、誰にも見られていないことを確認して石を振りあげていた。そして、殴打はためらいがなく、正確だった。

富士丸の手際のよさを思いかえし、感心していると、男が泣き声をあげた。脛《すね》に鉄筋がぶつかったようだ。

「だめだよ。現場は注意して歩かなくては。格好はビルでも、未完成だからね。いろいろ飛びだしてるからな」

奇妙に親切な富士丸の口調だった。富士丸はあいかわらず男の肩を抱いている。肩を抱いたまま、生乾きの階段をのぼる。

屋上からは、歌舞伎町の灯が見える、と言いたいところだが、周囲のビルに視界をさえぎられて、見通しはあまりきかない。ネオンサインの照りかえしで、あたりは赤青緑とにぎやかに輝いている。

天気の崩れを予感させる生暖かい風が、屋上を抜けていく。

「ほら」

富士丸は男の口にタバコを押しこんだ。タケに向かって顎をしゃくる。

タケは使い捨てライターで男のタバコに火をつけてやった。

「喫《す》え」

命令されて、男はしかたなくタバコをふかした。

「あんた、大学生か？」

「……はい」

「なんでゴールデン街で飲んでるの？」

「マスコミ志望なので……」

「どういうこと？」

「小説家とかライターなんかがよく飲んでいるから……その、なんというか」

「くだらねえ。小説家なんていったって、ただのアル中じゃねえか。知ってるぞ。アル中ならまだしも、一滴も酒を飲まねえでゲイバーで朝まで浮かれ騒いでる物書きを。あんなになりてえのか」

「できましたら……」

富士丸は男の口からタバコを引き抜いた。男の足元に投げ、消すように命じる。男は爪先《つまさき》で丹念にもみ消した。

「ほら」

ふたたび、男の口にタバコを押しこむ。タケは黙って火をつける。

それを幾度くりかえしたことだろうか。男はついに噎《む》せた。ロスマンズのパッケージは空になり、足元には吸い殻が散乱していた。富士丸は男に密着して、命じた。

「さっきの台詞《せりふ》、もう一度聞きたいな」

「台詞……？」

「公衆道徳はまもらなくては、ってやつだよ」

「勘弁してください」

「言え」

「――公衆道徳は、まもらなくては」

「まだ続きがあるだろう」

「他人のためでなく……自分が気持ちよく生きていくために……」

「他人のためでなく、自分のために。名言じゃないか。なあ。タケ」

　タケは唾《つば》を吐いた。即座に富士丸が手を伸ばした。掌にタケの唾を受けた。タケはあっけにとられた。富士丸は微笑しながら掌に受けた唾をズボンになすりつけた。

「こうして、たくさん吸い殻を散らかしたのは、自殺にみせかけるためだよ。フィルターについた唾から、こいつの血液型が検出される。こいつは屋上で、こうして幾本も煙草を喫っているということから、地べたでノシイカになっていても、自殺と判断されるわけだ。あとは靴を脱がせて揃えておきでもすれば、バッチリだ。わかるだろう？　せっかく細工したのに、血液型のちがうタケの唾が発見されたら身も蓋もない」

　こんな場合、身も蓋もないというのだろうか。富士丸は、いったいどこまでが真剣なのだろうか。タケは現実感のないまま、富士丸を見つめた。

「唾を吐きたい気持ちはよくわかるよ。格言とか、くだらねえよ。なんの腹のたしにもならねえ。

なにが公衆道徳かよ。世の中を良くしようと思ったら、方法はひとつ。良くしようと思いたった人物が自殺することだよ。

人間は、くだらねえ。下品で、下劣で、最悪だ。自然が大切なら、不自然なおまえが真っ先に死ね。

公衆道徳が大切なら、ゴールデン街で酒を飲んで、あれこれつまらん理屈をこねてる、おまえが真っ先に死ね。不道徳の極致じゃねえか。酔っ払いが！

偉そうに言う奴ってのは、自分の存在を疑ったことがねえんだ。俺はいつも思ってるぜ。俺なんか、生まれてこなかったほうがよかったのかもしれないってな。

自覚してるんだ。俺なんか、誰も必要としていない。なにしろ捨て子だ。捨てられた人間だ。

だから逆らって、とことん生きてやる。生き抜いてやる。どんどん世の中を悪くしてやる。ぶち壊してやる」

タケは惹きこまれていた。憑かれたように口走る富士丸に魅入られていた。

「にいちゃん、飛べよ。公衆道徳のためだ。公衆道徳のために、死ね」

富士丸が命じた。タケは富士丸の横に並んで、頷き、言った。

「飛べ。おまえなんか、不要だよ」

男はふたりが正気でないことを悟った。唇が動いた。声にならなかった。横に逃げようとした。タケが進路をふさいだ。男はタケに体当たりした。絡みあった。男は口から泡を飛ばしていた。タケをふりほどき、ななめに逃げようとした。躯が傾いてバランスをくずしかけた瞬間、富士丸が背をかるく押した。

男の躯は、宙にあった。

3

「こんなもんさ」

富士丸は顔を輝かせて、しかし昂奮を抑えた口調で言った。

現実感がなかった。しかし、たしかに、男は引力の法則に従って、五階建ての造りかけのビルの屋上から落下した。

タケは呆然としていた。殺意はなかった。ここまでやる気はなかった。富士丸は男を脅すだけであると思っていた。

しかし、結果は……。

「よし。とっとと、ずらかろう。長居は無用ってやつだ」

タケは富士丸に引っぱられて湿った階段を駆けおりた。駆けおりながら、思った。連れの三人を富士丸は石で殴っている。しかし奴らは死んではいないだろう。自分と富士丸は顔を見られているのだ。

そして、屋上から落下した男。タバコを喫わせて吸い殻を散乱させて、自殺に見せかけたなどと富士丸は得意そうだが、なんとも幼稚だ。

これは、ほんとうに、現実なのだろうか……。タケには、人がひとり死んだという実感は、まったくなかった。

しかし、男が落下したのは、事実だ。五階の屋上だった。数秒後に、ドサ……と物が地面に激突した即物的な音がした。

身をのりだして、地上を覗きこんでみた。黒々とした陰がひろがっているだけだった。ドラマチックなものなど、なにもない。

タケは現実感のないまま、建築現場を後にした。落下した男の死体は確認しなかった。たまたま通りがかった国道で、交通事故を目撃した程度の印象と、気持ちの乱れしかなかった。

★

鷲尾は不精髭をもてあそびながら振り返った。

「猫の息子じゃないか」

鷲尾は顔いっぱいに笑顔をうかべた。

「しばらく帰ってこないと思っていたら、富士丸は猫の息子と遊んでいたのか」

決定的な笑顔だった。鷲尾の笑顔を見たとたんに、タケは人ひとり五階の屋上から落下したことなど、どうでもよくなった。

「富士丸が泊まっていけというので、甘えることにしました」

「なに、他人行儀な科白《せりふ》を吐いてんだよ」

背後から首を絞める真似をしながら富士丸が言った。富士丸も嬉しそうだった。

なんと言えばいいのだろう。タケはこの廃屋のようなビルのなかで、いままでに感じたことのない心の安らぎを覚えていた。

「タケ、だったよな」

「はい」

「富士丸は、一応おまえより年上だ。さんをつけるなり、兄貴と呼ぶなり、たてなくてはだめだ」

「じゃあ、富士丸さんと呼びます」

「それがいいだろう」

鷲尾は頷いた。富士丸は妙に照れた。身をよじった。タケは富士丸の顔を覗きこみ、言った。

「富士丸さん」

「ひぇー」

富士丸は両手で顔を隠した。耳朶が赤らんでいた。鷲尾が言った。

「照れるな」

富士丸はますます照れた。タケは肩をすくめ、鷲尾に近づいた。鷲尾の手元の本に視線をやる。

「なにを読んでいるんですか？」

「クラシック音楽鑑賞事典だ」

「クラシック……？」

「裕美という女の子がこのビルで暮らしているんだが、ピアノが上手でな」

富士丸がわりこんだ。

「鷲尾さんが、ピアノを買ってやったんだ。スタインウェイとかいうすごく高いやつだ」

タケは鷲尾に訊いた。

「女もいるんですか?」

「ああ。帰ろうとしないんだ。まだ十六だったかな。ワルぶってはいたが、けっこういい家の娘らしくてな。ピアノがとにかくうまい。

おかげで、ここのところ、午後は毎日、中野にあるクラシック喫茶につきあわされているんだ。裕美の放課後の待ち合わせさ。

不思議なもので、眠いなあと思いつつ聴いているうちに、それなりに馴染んでくる。で、古本屋でこの音楽事典を買ってきて、勉強しているというわけだ」

タケは曖昧に頷いた。富士丸が背後から言った。

「おまえ、新大久保のアパート、引き払っちゃえよ。このビルの適当な部屋を使っていいから」

タケは鷲尾の顔を窺った。鷲尾は言った。

「使いたければ、部屋は幾つ使ってもいいぞ。敷金礼金なし、家賃もなし。多少は俺の仕事を手伝ってもらうことがあるかもしれないが、やりたくないことにはＮＯと言えば、強制はしない」

「あの……」

「なんだ？」

「首の傷は、だいじょうぶですか？」

鷲尾は答えず、微笑して、ウインクした。ぎこちなかった。タケは口の中で、すみませんでした……と、呟いた。

富士丸がさりげなくタケの背を押した。タケは軽く頭をさげ、鷲尾の部屋を後にした。たぶん、裕美という女の子が掃除しているのだろう。鷲尾の部屋はたいそうきれいに片づいていたが、うさぎのぬいぐるみであるとか、鷲尾に似あわない物がいくつか飾ってあった。

★

案内されたのは、裕美の部屋だった。裕美はベッドの上で柔軟体操をしていた。下半身を腰からねじったまま、富士丸に訊いた。

「お友達？」

視線はタケの顔に据えられていた。瞳《め》がきらきら輝いていた。

「こいつが噂の猫の息子だよ」

富士丸はニヤッと笑い、タケを部屋の中に押しこんだ。タケはあわてて振り返った。あっさりスチールのドアが閉まった。

裕美はベッドから起きあがると、タケのかたわらをすり抜け、ドアをロックした。

「猫の息子さん、自己紹介しなさいよ」

「——仁賀威男」

「にがたけお？」

「タケ、でいい」

「あたしは榊原裕美」

「ピアノ、うまいんだって？」

「勉強、大嫌いなのよ。でも、鷲尾に叱られちゃった。だから、まじめに学校、行ってる。音大のピアノ科に入れって。ピアノは好きだよ。幼い頃から弾いてるんだ」

タケは微笑した。いまでも充分、幼い。

「俺、いま、富士丸といっしょに人を殺しちまった。いや、事故みたいなもんなんだけど……」

唐突に、意志と無関係に口が動いた。ハッとした。裕美は頷いた。

「気にすること、ないよ。鷲尾がよくしてくれるよ」

「気にすること……ないか」

「気にすること、ないよ。メじゃない、メじゃない」

裕美はタケに身を寄せた。

「さわっていい？」

言いながら、タケの頭髪に、細い、神経質そうな指を挿しいれた。指先が、やさしく地肌に触れた。タケは漠然と思った。この指先が、ピアノの鍵盤《けんばん》を叩くのだ。

「ちょっと癖毛かな。女の子みたいに柔らかい」

「おまえ……なぜ、こんなところにいるんだ？」

「こんなところはないでしょう。いまだにビルの外は汚いけど、あたしがきたときは、中も凄かったんだから！　富士丸の部屋も鷲尾の部屋も、ごみ箱みたいだった。全部、あたしがきれいにしてやったんだ。男どもは不潔だから」

裕美の体温が伝わった。風呂あがりだろう。髪の毛からはリンスの匂いが漂い、肌からは石鹼の香りがした。

似たような年齢ではあるが、タケは裕美の若さをもてあました。風呂あがりのすっぴんの裕美は、まだ中学生のようにも見える。ましてピアノが上手だといったことから判断すると、家出をしなければならないような家庭とは考えにくい。

「おまえ……家に帰らなくていいのか」

「家？　メじゃないよ」

「おまえ、なにを言ってもメじゃない、だな」

「なんだ……猫の息子って、意外と生《き》まじめ君だね」

生まじめと言われて、タケはむっとした。やはり多少は不良であると自負しているタケである。生まじめは不細工だ。

「なめるなよ。いま、ひとり殺してきたんだぜ」

「さっきは事故だって言ったじゃない」

裕美は顔色をうかがいながら、タケに密着した。胸をこすりつけ、腰をおしあてる。幼さの残る表情からは信じられぬほど、積極的だ。裕美は、さらに上目遣いでタケを見つめたまま、言った。

「逃げ腰」

そのひとことは、タケの自負心に突き刺さった。

「ガキを相手にする気はない」

憤《いきどお》りを抑えて冷たく突き放して言うと、裕美はタケの胸の中で拳《こぶし》を嚙むようにして、くっと忍び笑いした。

「硬くして、よく言うよ」

裕美の掌は、タケの股間にあった。

馴れた手つきだった。

ベルトがはずされ、タケの言うことをまったくきかない分身があらわにされていた。裕美はきらきら光る瞳で手の中のタケの分身を見つめた。タケは唾を飲んだ。喉仏が鳴った。年下の子供にいいようにあしらわれているという屈辱を覚えたが、もはや分身は裕美の掌の中。逆らい難い。誘われるがままにベッドに倒れこんだ。

唇を重ねた。裕美はタケよりもはるかに体温が高い。タケよりも鼓動が早い。顔を離すと、裕美は眼を伏せて呟いた。

「タケって凄くきれいな男の子」

きれい……タケは、よく女にそう言われる。複雑な気分だった。女からそういった評価をされることを嫌い、よけい粗暴にふるまったりもする。

タケは死んだ母に似ている。母はたいそう美しかった。タケが物心つくまえに死んだ。交通事故だったという。

残っている母の写真は、たしかにタケによく似ていた。まるでグラビアの女優のような笑顔をうかべている。

母の死。記憶もないが、現実感もなかった。他人事《ひとごと》だった。

タケは裕美にのしかかった。

つい先ほど、男がひとり、ビルの屋上から落ちた。その死は確認していないが、五階の屋上から落ちて生きているとは考えられない。その死は、タケが関係していた。正確には、タケと絡みあったすえ、富士丸が背を押した。

それなのに、男の死は、母の死と同様、まったく現実感がなかった。よくテレビドラマなどでは、殺人を犯した者が両手で頭を覆って身悶《みもだ》えしてみせたりする。あれは、嘘だ。誰が死んでも、俺はまったく痛くない。痛くないどころか、熱く潤った裕美の中に搦《から》め捕られて、その快感に呻き声をあげかけている。

第五章　ピカソの芸術

1

「なんだか歌舞伎町のはずれにある例の造りかけのビル、朝方、騒がしかったね。おまわりさん、来てたでしょ」

富士丸がカマをかけると、ママはつまらなさそうに答えた。

「自殺よ。自殺。飛びおり。学生だって」

富士丸は肩をすくめ、タケに目配せした。それきり会話は終わってしまった。

タケはモーニングサービスのトーストをかじった。塩気のつよい業務用マーガリンの味が舌にひろがった。いいかげんに噛んで、やたらと苦いコーヒーで喉の奥に流しこむ。

パンもマーガリンもコーヒーも、単独ではとても口にできる代物《しろもの》ではないのだが、こうして組み合わせると、なかなかだ。

世の中には、こんな組み合わせがいくつもある。漠然とそんなことを思いながら、タケは添えられているサラダのレタスをフォークの先でもてあそぶ。

誰か、ビルから落ちた者がいるらしい。一晩たってみると、昨夜のできごとは完全に夢のようだ。世界はなんら変わってはいない。

ひたすら昼に近い朝だ。店内はひとめで堅気《かたぎ》ではないとわかる男たちで占められている。スポーツ新聞をひろげるバサバサという音が、すこしだけ耳ざわりだ。タバコの煙がたちこめて青くにごっている。

ママはなかなかイナセなお姐さんだ。このあたりを仕切る親分の情婦だという。飲み屋をやったほうが儲かるが、親分が朝はパンにコーヒーという人なので、彼女に喫茶店をさせているらしい。ママが訊いた。

「鷲尾さんは？」

「寝てます。昨夜は千ページ以上もあるクラシック音楽鑑賞事典というのを最初から最後まで読み通したそうです。徹夜です」

「鷲尾さん、裕美ちゃんに入れこんでるね。まるで、父親」

「そうなんですよ。近いうちに裕美を芸大の偉いピアノの先生のところに通わせるんだなんて言ってました」

「あんまり過剰な期待をかけられたら、裕美ちゃんが可哀相だよね。遊びたい年頃なんだから。こんど、わたし、言ってやろうかしら。親馬鹿はやめろって」

富士丸とママのやりとりを聞きながら、タケは昨夜の裕美との一夜を思いかえす。

タケのほうがたじたじとするほど積極的な裕美だった。裕美は『鷲尾と富士丸に強姦された』と、からっとした口調で言った。

それは事実だろう。しかし、強姦された裕美がそれを恨んでいないばかりか、『仕方がないよね。男だから』とふたりをかばう言葉を口にした。

『あたしがお母さんで、鷲尾と富士丸とタケは兄弟』そう呟いたときの裕美のなんとも嬉しそうな表情。

性的には未熟で、まだ快感を知らないようだった。しかし、タケを愉しませようと一生懸命演技をしていた。

鷲尾は処女を奪った最初の一回だけで、以後裕美を抱いていないという。富士丸は、ときどき『たのむ』と手を合わせ、連続して幾度も裕美を抱くらしい。

裕美に言わせると、富士丸は『毎日じゃないんだけど、いざ、いっしょに寝ると、かなりしつこいの。幾度も幾度も……』とのことだ。

タケは毎晩でもいいが、一回で満足する。回数をこなす気はない。ママと快活な口調で話している富士丸を盗み見る。

富士丸が幾度も幾度も求めるのは、べつに性欲過多だからというわけではなく、孤独だからではないか。裕美を執拗に求めるところは、一晩中タケのアパートを見張るといった執念深いところに通じる。

「でも、おどろいた。思わずうっとりよ」

「おい、タケ。ママがうっとりだって」

タケは我に返った。苦笑がうかんだ。富士丸が補足した。

「タケは一見美男子で優男《やさおとこ》だけど、俺が見るところ、それを恥ずかしがってるんだ。俺がタケだったら、即スケコマシになってるところだけど、タケはちがう。そんな小物じゃない」

「やめてくれよ、富士丸さん」

タケは照れた。ママはわざと熱っぽい眼差しをタケにむけ、タケが照れるのを目を細めて見つめる。

★

午後になった。ふたりはあいかわらず喫茶店でだらだら時間をつぶしていた。適当な間隔をおいて、頼みもしないのに飲み物や軽食がふたりのまえに置かれる。ママは若いふたりの相手をすることを充分楽しんでいた。

富士丸とタケも、自分の母親に近い年齢の、なんともいえない色気のあるママを前に、無為な時間が過ぎていくのを楽しんでいた。

ママが軽く顎をしゃくって、背後を示した。鷲尾だった。あくびまじりにタケの横に座った。熱いお絞りで丹念に顔を拭いた。

鷲尾が入ってきたとたんに、ママは若いふたりなど眼中にないといった状態だ。あれこれ、かいがいしく鷲尾の面倒をみる。鷲尾はママの好きなようにさせておいて、富士丸に仕事上の指図をした。

「増田、切れ。ほかの事件屋にかえろ」

「増田さんを……。はい。じゃあ、そのあいだ、競売屋《けいばいや》は直接、俺が押さえていいですか」

「必要ならば、俺の名もだせ。増田は債務者に賃貸借契約書を書かせるまえに逃げられた。最悪だ。二度と事件屋を名のれないようにしてやる」

「債務者に逃げられた……ほんとうですか」

鷲尾は頷き、富士丸はちいさく舌打ちした。抑えた声であやまった。

「鷲尾さん。申し訳ありません。俺、ここしばらく、自分のことばかりで……」

「気にするな。俺も裕美のピアノに入れこんで、すこし監督不充分だった。だいたい街金関係など、義理がかからなければやらん仕事だ」

富士丸はぬるくなったコーヒーを飲みほすと、無表情に一礼して出ていった。ハッとするほど大人びた表情だった。タケは鷲尾と富士丸の会話の意味がまったくわからないことに劣等感を覚えた。

「鷲尾さん」

「なんだ？」

「事件屋って、ゴタゴタを解決する人のことですか？」

鷲尾は微笑した。よく冷えたキウィ・フルーツの輪切りを親指と中指を使ってつまんで口に入れる。

「それは小説だろう。小説家がいいかげんに考えたか、誤解したかだな。事件屋稼業というのは、そんなもんじゃない。事件屋というのは、金貸しの手先だよ。

いいか、タケ。街金は、銀行などから金を借りまくって、もう担保のない奴に、平気で五千万とかの金を貸す。

なぜ貸すかというと、金を借りた相手がポシャ喰うまでに、利子だけで元金くらいの額はとりもどしてしまうからだ。高利貸しの面目躍如というところだ。で、最後の最後。借りた奴は、これはもう逃げるしかない。しかし、利子で元はとっているとはいえ、借金を踏み倒されては、金貸しは商売にならない。そこで、事件屋の出番だ。物件の占有が事件屋の主な仕事だ」

タケは曖昧に、はあ……と頷いた。まったく理解できなかった。街金というのは、裏金融のことだろうか。単なる極道商売かと思っていたが、ずいぶん複雑で、難解だ。

「国には、法律というものがある。あれこれ定めて、いろいろな物事が円滑に運ぶようにしてあるんだが。

これが、じつに、いいかげんんだ。ひとことで言ってしまえば、まず、強い者に有利にできている。

つぎに、法律というやつは、欠陥だらけなものなんだ。学者どもが、よってたかって権力を持っている奴の意向に沿ってあれこれひねりだすんだが、ちょっと見方を変えると、穴だらけなんだよ。

複雑に入り組んではいるが、しょせん机の上でひねりだし、こねくりだしたもの。頭をつかえば、逆手にとることができる」

ママが微笑してタケを見ていた。鷲尾も微笑していた。タケは口を尖らせた。鷲尾は頷いた。

「よし。いかに法律が不完全か、簡単な実例をみせてやるか」

鷲尾が立ちあがりかけると、ママが制した。ゆで卵やサンドイッチの皿を示して迫る。

「だめよ。キウィだけじゃ。たんぱく質に炭水化物。バランスよく食べなくては」

2

借りっぱなしにしているという日比谷のホテルの部屋で服装を整えると、鷲尾はタケも知っている大手銀行の名を口にした。

「俺はこの銀行に貸しがある。裏の話だが、俺はこの銀行から成功報酬を受け取ることになっている。

ただし、あくまでも裏の話。いついつまでに、いくら支払いますといった契約書があるわけじゃない。ぶっちゃけたところ、なにもない。

俺はこの銀行に報酬を支払えと命じたこともなければ、銀行側も、いついつまでになにがしかの報酬を支払いますと言ったこともないんだ」

タケは鷲尾の話をうわのそらで聞いた。磨きあげられた窓の外には日比谷公園の花壇や大噴水が俯瞰《ふかん》できる。都心とは思えない鮮やかな緑だ。そして、なによりも、借りっぱなしというホテルの部屋の豪華さに唖然《あぜん》としていた。

部屋は四部屋あり、二部屋は鷲尾が使い、他に応接が一部屋。もう一部屋は来客が泊まれるゲストルームだ。つまりバスルームもふたつあるということだ。

「タケ。その包みをひろげてみな」

鷲尾は壁に立てかけてある油紙の包みを示した。中からは、油絵がでてきた。十号ほどだろうか。稚拙な裸体画だが、どこかで見たことのあるような絵だ。

「ピカソだよ。正直なところ、あまり好きじゃないんだ。くどいよな。脂性《あぶらしょう》の絵だよ」

鷲尾は腰に手をやり、抽象の裸体を見つめ、小首をかしげた。

「ま、芸術というわけだ。タケはどう思う。これは芸術か」

「……よくわからないけど、ピカソなら、芸術でしょう」

「たいしたもんじゃない」

鷲尾は断言した。

「芸術なもんか。芸術がデパートに仰々しく八千万の値札をつけて飾られているなんて、噴飯物だぜ」

「八千万……」

「これを、俺は、例の銀行からもらった。表面上は、単なる贈り物。しかし、絵を持ってきた銀行の専務は言った。これはどこどこのデパートで、八千万で買いました、と」

「はあ……」

「けっして、専務は恩に着せるためにそんなことを口走ったわけじゃない。これはビジネスの報酬なんだ。銀行側は、このピカソを裏金で買った」

タケはピカソの絵と鷲尾を見較べた。鷲尾は念を押した。

「いいか。裏金で買ったんだ。表にでない金。税金のかからない金。いいかえれば、存在しない金」

タケは首をかしげる。ためらいがちに訊く。

「存在しない金ならば、絵など買わずに、そのまま直接わたせばいいじゃないですか」

「いや、現金の受け渡しは、まずい。銀行側、そして俺のほうにとっても、現金の直接授受はやばいんだ」

「……でも、鷲尾さんにとってピカソの芸術は、なんの意味もないでしょう」

「そのとおり。三、四日前にこの絵がとどいたんだが、絵自体を見るのは今日が初めてだ。なんの興味もない」

「どうするんですか。嫌いな脂性の絵を、事務所の壁にでも飾るんですか」

「そこだ。ある者にとってはピカソは崇めたてまつる対象で、こんなちいさな絵に八千万の価値を見いだすんだが、興味のない者にとっては、ゴミだ」

「ゴミですか」

「ゴミだ」

「ゴミをもらって、どうするんですか」

「そうだな……ゴミを出したところに引き取ってもらうか」

鷲尾はニヤッと笑った。タケに油絵を持つように命じ、部屋をでる。

★

鏡に映った姿は、まったく別人だった。イギリス製のスーツは、誂《あつら》えたようにぴったりだった。店の者はよくお似合いですと、幾度も褒めた。あながちお世辞ではなかった。

服を買ってもらうまえに、理容室で髪を整えてもらったので、なんとなく首筋が寒い。鏡の中のタケは首をすくめた。横に映っている鷲尾が、満足そうに頷いた。

「馬子にも衣装、と言ったら、怒るか？」

タケは曖昧に苦笑して、首に手をやる。慣れないネクタイで、首が苦しい。

それにしても、ホテルですべてすますことができるのは驚きだ。いままでタケは、ホテルを単に眠るだけの場所であると考えていた。間違いだった。

このホテルのサービスに臆さないだけの精神的経済的余裕があるならば、どんな家よりも暮らしやすいだろう。快適だろう。タケは小声で訊いた。

「なぜ、ここで暮らさないんですか？」

鷲尾は短く答えた。

「仕事には必要だが、趣味じゃない」

★

「靴は足に合っているか」

「ばっちりです」

「じゃあ、散歩がてら、歩こうか」

タケは小脇にピカソの油絵の包みをかかえ、鷲尾に従って日比谷通りを歩きはじめた。雲の多い天気だが、のどかな午後だった。ようやく首を絞めつけるネクタイも気にならなくなってきた。

左手には日比谷公園。皇居前広場のお濠《ほり》を見ながら晴海《はるみ》通りの交差点を右に曲がる。

「鷲尾さん。俺、いまだに総会屋という商売がよくわからないんですけど」

「そうかいや」

「洒落ですか」

「念をおすな、ばかやろう」

鷲尾は照れて、タケを小突いた。タケは舌をだし、忍び笑いする。鷲尾は頰を赤らめていた。タケは横目で盗み見て、なんともいえない親しみを覚えた。鷲尾は咳払いして、言った。

「辞書を引くと、総会屋ってのは少数の株を持って株主総会に出席し、ゆすりたかりなどをおこなう者、とある」

「なんか、不格好ですね」

「うん。八二年の商法改正以前は、辞書の定義でおおむね間違いはなかったんだが、法律が変われば、総会屋も変わる」

「法律が変わったというのは、ゆすりたかりがしづらくなったということですか」

「表面上はな。しかし、俺にとっては稼ぎが多くなった」

「なぜ？」

「会社……企業というものは、けっしてきれいなものではない。ありとあらゆるあくどいことをやっているし、不始末も多い。

　そして、資本主義社会は競争社会だから、企業間の戦争も相当に熾烈《しれつ》だ。

　例えば経理課長が社員の女の子の尻を撫でたとする。女の子が不満をもつ。流行りのセクハラだ。まして、ホテルにでも誘ってみろ。格好のネタになる。

　駆けだしの総会屋が食いついてくるぜ。セクハラネタをライバル会社にもっていく。ライバル会社は、総会屋に騒いでくれと頼む。

　騒がれる企業は、課長が女の子の尻を撫で、ホテルに誘って断られただけなのに、尻馬にのっかるマスコミに叩かれて、企業イメージを大幅にダウンする。どこかのローン会社で、そんな事件があっただろう」

「なんかチンケですね」

「まったくな。しかし、競争とは、こういうことなんだ。なんでもいい。すこしでも弱みがあれば、食らいつく。そして、相手を叩きつぶす」

鷲尾はライターをだそうとするタケを制し、自分でタバコに火をつけた。うまそうに吸い、ゆっくり吐く。

「なぜ、総会屋がなくならないか。それは、企業が必要としているからだ」

鷲尾はノースリーブの女を眼で示し、頷いた。俺は女の腋の下が大好きなんだ、と囁いた。

「腋の下はおいといて、企業がいちばん欲しいものはなにか、考えてみよう。考えるまでもない。情報だ。他社の情報、お役所の情報。警察の情報。なんでもいい。とにかく情報だ。

俺は企業を千二百ほどもっている。その企業のトップにいつでも会える。企業のトップは、マスコミにのることのないありとあらゆる情報をもっている。とくに銀行、証券、商社などは、裏のニュースがもっとも早く入ってくる。企業のトップは、俺を敵にまわしたくないから、進んでいろいろな情報を俺に提供してご機嫌伺いをしてくる。他の企業を牽制する意味もあるしな。

それだけじゃない。政治家にも、役所にも、警察にも、ヤクザにも、ありとあらゆるところに俺は顔がきく。

俺の財産は、情報だ。俺がこうしてでかい顔をしていられるのも、多岐にわたる人脈をもち、常に正確な最新の情報をつかんでいるからだ」

タケは、鷲尾の顔色を窺いながら訊いた。

「ほんとうに鷲尾さんは、年間に二十四億円も稼ぐんですか？」

「誰がそんなことを言った？」

「富士丸さんです」

「はったりだよ、はったり。あいつは嘘をつくつもりはないんだが、どうも話が大きくなる。夢と現実が一緒くたのところがある。だいたい、そんなに稼いでいたら、もうなにもしないさ。隠居して、のんびり暮らしてるぜ」

数寄屋橋《すきやばし》の交差点にでた。高価な衣装に身を包んだ鷲尾とタケのコンビは、人目をひいた。とくに、タケには、女たちの熱い視線が投げかけられる。

「たいしたもんだ。女どもは、みんなタケを盗み見る。とくに水商売の女ときたら、いまにもタケを食べちまいそうだ」

「やめてくださいよ」

「怒ったか」

「――べつに」

「すまん。話をもとに戻すか。総会屋についてだったな。総会屋として飯を食うには、最低十五年。それまでは楽じゃない。

最初はさっき言ったセクハラネタのようなチンケな情報までも含めて、もっぱら企業を攻撃する側で、その実力を示していかなければならない。

なぜ、企業を攻撃するか？　敵にまわしたらうるさいが、味方につけたら、こんな頼もしい奴はいないと思わせるためだ。

企業側が、その男の価値を、正確にはその男のもっている情報に価値を見いだしたら、もう外野からの企業攻撃はおしまいだ。

そうなると、企業のほうが金をもって、頭をさげにやってくる。企業コンサルタントであるとか、顧問の肩書を名のるようになる。黙っていても、関わりのある企業から毎年なにがしかの金が入ってくるというわけだ」

鷲尾は立ちどまった。ここだ、と眼でデパートを示した。タケも名前だけは知っている有名なデパートだった。

「入ったことはないのか」

「デパートに興味はありません」

「いまの若いのってのは、そんなもんかな」

「デパートのイメージって、太った中年ババアですよ」

鷲尾はなるほど、と呟き、先に立ってデパートの中に入った。

八階でエレベーターを降り、ギャラリーに向かう。会場では、陶芸展をしていた。香を焚《た》きこめたような匂いが漂っていた。人影はまばらだ。

入ってすぐのところでスポットライトを浴びている灰色の小皿が目に入った。台座に百万円の値札が留めてあった。

たかが、小皿。やたら高いな……と思いつつよく見たら、一桁ちがっていた。皿は一千万だった。

鷲尾は周囲に一切目をくれず、まっすぐ奥に進んだ。タケは脇の油絵を抱えなおし、あわててあとを追った。そのタケの背に、入口に座っている係の女の視線が絡みつく。

ギャラリーの責任者は、瘦《や》せた神経質そうな初老の男だった。きっちりスーツを着こんでいるが、どこかくたびれた感じもある。胃が悪いのか、離れていてもわかる口臭がある。態度は慇懃《いんぎん》だ。

鷲尾はタケからピカソを受け取り、派手な音をたてて包装してある油紙を破り捨てた。照明が落としてある中で、ピカソの絵は、浮きあがって見えた。

責任者は驚きをかろうじて抑え、醒めた眼でピカソを見た。鷲尾は単刀直入に切りだした。

「いくらで引き取る?」

「はあ……」

責任者は鷲尾が何者か見抜けないことからくる不安に、曖昧な笑顔をつくり、組んだ指先を小刻みに動かした。

「そうでございますね……当方といたしましても、鑑定させて頂かなければなんとも申し上げられないわけでして」

「つい、このあいだ、おまえのところで売った絵ではないか」

確かにそのとおりである。しかし、売った先はこのデパートのメインバンクであり、その銀行からは購入を明かさないでくれと強く念を押されていた。領収書であるとかのやりとりもない。

そもそも絵画は、その芸術的価値を離れて、税金対策などに悪用される代物の筆頭である。

数億もする庭石を贈られて、査察にきた国税に、これはただの石ころだと強弁して涼しい顔をするヤクザの親分がいるという。

同じように原価計算をすれば、たかが木枠とキャンバス、そして油絵の具。せいぜい多く見積もっても数千円の価値しかない絵画であると強弁するつもりだろうか。銀行のすることもヤクザの親分のすることも、本質的には、一緒だ。

責任者は困り果てた。なぜ、銀行に売ったピカソが、ここにあるのか。なぜ、この男が持っているのか。

本物であることは、ひとめでわかった。真贋《しんがん》を見抜くのも仕事のうちだ。

責任者は素早く計算した。

買い戻しておくべきだ。

とにかく買い戻しておく。この男の目当ては、金である。とにかく現物――ピカソを買い戻しておいて、今後のことは、銀行と折衝すればいい。

銀行にもいろいろ事情があるだろう。絵など知らぬととぼけるかもしれない。そのときは、また買い手を捜せばいい。あるいは銀行に絵を戻すことになるかもしれない。それはそれで銀行に恩を売ることができる。

「たしかに、この絵はピカソ後期の作品でございます。ピカソ・エロチカと呼ばれる作品群のひとつです」

「能書きは、いい。いくらで引き取る？」

「――勉強いたしまして、三千万といったところでしょうか」

鷲尾は責任者に向かって一歩踏みだした。頬と頬が触れあわんばかりに顔をよせ、囁く。

「以前、このデパートの洋酒売り場でスコッチを買った。特売で、八千円だった。得した気分だったが、自宅に戻ったところ、お歳暮で同じスコッチが届いていた。そこで、洋酒売り場にひきかえした。売り場では素直にスコッチを引き取り、八千円返金してくれた」

鷲尾は微笑した。八千円……八千万……責任者は、この絵を銀行に売ったときの金額を鷲尾が知っていることを悟った。責任者の肌から血の気がひいていた。

幾度も頭をさげ、責任者は奥の部屋に引っ込んだ。あわてて、銀行に連絡をとった。

★

責任者は揉み手で鷲尾とタケのところに戻った。卑屈に頭をさげ、タケにまで愛想笑いをむけた。

「失礼いたしました。無条件でお引き取りいたすことになりました。お買い上げいただいたときのお値段で……ということでございます。

ただ、誠に申し訳ございませんが、デパートは無関係ということで、このギャラリー内で処理をいたすため、いまからですと全額現金でお揃えすることは不可能でございます。明日、ということで何とぞご勘弁いただけないでしょうか？」

鷲尾は責任者を冷徹に見据え、言った。

「絵は置いていくよ。金は明日でも十日後でもかまわんが、支払が遅れると、利子がつく。よろしいか？」

3

鷲尾はタケのスーツのポケットに、封筒をねじこんだ。ギャラリーの責任者が、とりあえず、これを、と鷲尾に渡した封筒だった。

「ま、厚さから、二、三百万といったところだろう」

鷲尾の呟きに、タケはあわてて封筒を鷲尾に返した。

「いいから、とっておけ。あっちにしてみればご機嫌うかがいの利子のつもりだ。これは修業の第一歩だ。たかが紙切れ。オタオタするな。おまえのオヤジなんか、俺からせしめた金を、平然と懐にねじこんで帰ったぜ」

タケは無意識のうちに上唇を舐めた。すこし胸がドキドキしていた。鷲尾は先に立ってみゆき通りをどんどん行ってしまう。小走りに追い、ななめ後ろに従う。

これだけあったら、CBナナハンをさらに改造できる。予備パーツをとるために程度のいいCB１１００の逆輸入車を買ってストックしておくこともできる。

そんな夢想をしていることに気づき、タケは激しく自らを恥じた。とにかく、足が地についていない。

具体的な金額の話は一切しなかったが、明日の午前中には、八千万という金が手に入る。

たいした手間があったわけではない。それどころか、鷲尾の言うとおり、ギャラリーの責任者とのやりとりは、まさにゲームだった。

「鷲尾さん、俺、まだ、いまいち、よくわからないんだけれど」

「あそこのギャラリーの責任者は、銀行に電話をした。そして、俺の正体を知った。それだけのことだ」

タケは首をかしげる。鷲尾は立ち止まり、皮肉な眼をして歩道に面した画廊に飾られている絵に視線をやる。かたわらに立つタケに言う。

「銀行も、俺も、ギャラリー側に対して、なになにをしてくれ、と強要するような会話は一切していないんだ。しいていえば、たまたま俺の手元にあったピカソの絵を引き取ってくれないか、と、それだけのことだ」

表面上はそうであっても、鷲尾はスコッチのたとえ話などをもちだして、巧みに自分の望む方向にもっていったではないか。タケの瞳には、鷲尾に対する尊敬が宿っていた。

「いいか、タケ。なにもなかったんだよ」

「なにもなかったけど、結果的にはウン千万の金が手に入るわけですよ、ほとんど億に近い金が……」

「銀行と直接現金の受け渡しをする、これは、まずい。なにかあったとき、俺は牢屋に入れられてしまう。牢屋……気の弱い俺には、とても耐えられんよ。で、あいだに、あのデパートのギャラリーに入っていただく。銀行が裏金で買った絵を、たまたま俺が持っていた。しかし俺は絵に興味はない。で、俺はその絵を売ったデパートに引き取ってもらう。

するると、俺の手元に現金が残る。不思議でもなんでもないんだが、あえて言おう。不思議だなあ。

いいか、タケ。あのピカソの絵は、じつは、売れなかったんだよ。誰もあの絵を買いはしなかった。昔もいまも、ずっとあのデパートのギャラリーにあった。そういうことだ」

得意そうに鷲尾は頷き、ぎこちなくウインクした。

★

このあいだ、立ちんぼの帰りに富士丸に連れていかれた新宿の店よりもさらに、いや比較にならないほど高級なクラブだった。

バブル崩壊後、不景気を伝えられる銀座であるが、これほどまでにタガのはずれた店が存在し、それなりに客が入っている。

一瞬臆したが、新宿の店のときとちがって、服装に恥じるところはないし、懐には数百万の金がある。タケはウォームアップするように肩を上下させ、胸を張ってフロアを横切った。

鷲尾は上客で、ママはいままで相手していた客を放りだして、やってきた。そして、打たれたようにタケを見た。

タケの自意識を満たす視線だった。ママだけではない。店の女たちの視線がタケに集中していた。

「鷲尾さん、彼、紹介してくださいな」

「仁賀威男。十八歳。見てのとおりの男前。しかし、それだけじゃない」

タケは照れてみせたが、内心、満更でもない。道を歩いていれば、男なら振り返らずにいられない粒ぞろいの女たちに囲まれて、ちやほやされて、タケはそり返っていく。

他の客たちは、ひときわにぎやかなタケの周囲に苦々しい視線をはしらせる。しかし、タケの美貌と、かたわらでタケをわが子のように可愛がる鷲尾に、あきらめの面持ちだ。

客たちは、鷲尾が何者であるか、知っているのだ。敵にまわすと、最悪の男。

店の女たちは、鷲尾とタケの席に着きたくて、落ち着かない。鷲尾とタケの席に着いた女たちは、そんな彼女たちに対して優越の澄まし顔だ。

鷲尾は、飲めない酒を舐め、ほんのり桜色に染まって上機嫌だ。タケはその年齢なりの単純さで、周囲に青くさい傲慢さをふりまいてはいるが、鷲尾に対しては、巧みにヨイショする。

ママはタケのしたたかさを好ましく思った。いまのところ、青くささを隠してふるまうことのできぬ幼さがあるが、あと数年もすれば、変わる。それこそ女がほんとうに惚れる男になる。

タケの青くさいところさえ、好ましい。思春期の特権だ。十八歳。老成した十八歳なんて、薄気味悪い。

ママは自分の年齢を考えた。若づくりしているが、そして、客も女の子もその若々しい外観にだまされているが、けっして若いといえる年齢ではない。じき、五十。百の半分。ママはタケに夢中でぴったり密着している女の子を盗み見て、溜息を飲みこんだ。

タケはトイレに立った。それこそ四畳半ほどありそうなトイレだった。鏡張りで、酔いにだらけて膨らんだ陰茎が映っている。しばらく分身の姿をいろいろな角度から映してから、勢いよく放尿した。

放尿しながら、耳元で囁いた鷲尾の言葉を反芻《はんすう》した。『いいか、タケ。この店は、高級ぶってはいるが、売春で成りたっているんだ。好きな女を選べ』

★

酔わないように加減して飲んだ。ベッドでは充分雄々しくふるまえるだろう。タクシーから降りたタケは、腕にしがみついている朝美《ともみ》に視線をはしらせた。

朝美は赤坂TBS近くのホテルにタケを誘った。彼女は、毎晩、こんなことをしているのだろうか？ もちろんタケは思うだけで口にはしない。

ママは別れぎわに、うちの女の子は、病気の心配はないから、といった意味のことをタケに囁いた。微かな毒が含まれていた。タケが朝美を選んだことを嫉妬し、怨んでいる匂いがあった。

タケの眼は、ホテルの窓に映える赤坂の夜景をとらえている。きつい口づけをしながら、彼女は明日、店でママにいびられるのではないか。そんなことを考えた。

朝美は、そんなことは一切念頭にないようだ。望むものを手に入れた満足感にうっとりしている。甘え声で、もう立っていられないの……と囁いた。

ベッドに倒れこんだ。ベッドカバーの上で絡みあった。おたがい、服を着たまま軀をこすりつけあった。朝美はタケの唾液を喉を鳴らして飲みこんだ。

タケの手が、朝美のタイトスカートの中に進んだ。力を加減せず、朝美のパンストを引き裂いた。指先が下着に触れた。下着は、濡れていた。しっとり熱かった。

いまごろ、鷲尾もどこかのホテルの一室で、おなじことをしているのだろう。そんなことを考えながら下着の隙間から指を挿しいれようとすると、朝美はさっと逃げた。

「いや」

「うるせえ」

「いや！」

烈《はげ》しく拒絶して、朝美は微笑した。その落差にタケは戸惑った。

「おふろ、いっしょに入るの」

言うと、すっと立ちあがり、服を脱いだ。シルクのショーツに指がかかり、朝美はタケのまえであっさり全裸になった。

朝美はショーツにためらいがちな視線をはしらせ、呟いた。

「ちくしょう、汚しちゃった。タケのせいよ。タケの愛撫のせい」

睨みつけて、続ける。

「もう、穿けないよ」

朝美は下着をまるめて棄てた。表情を変えた。幼稚園の先生を想わせた。

「脱がしてあげる」

バスルームで朝美は自分の軀は丹念に洗ったが、タケが石鹼を使うことは許さなかった。タケの腋の下にかたちのいい鼻先を挿しいれ、腋毛を唇でもてあそび、囁いた。

「匂い、好きだから」

そのまま朝美は、タケの軀のあらゆるところに舌を這わせた。タケはくすぐったさに身をよじったが、分身を口に含まれて、硬直した。

念入りな奉仕がはじまった。タケは必死でこらえたが、十分ほどで炸裂しそうになった。それを訴えると、朝美は喉の奥にまでタケを迎え入れた。

タケはたまらず、破裂した。朝美は愛しそうにタケを飲みほした。タケはその瞬間、朝美の眉間に刻まれた悩ましい縦皺を凝視した。息をのむほど美しい表情だった。

ベッドでは、タケが奉仕した。自分をころして、奉仕した。

抜群の相性だった。さぐれば、さぐるほど、すばらしい軀だった。夜が明ける瞬間まで、ふたりは絡みあい、呻《うめ》き、愛しさのあまり、吸い、咬み、放った。

ついに、おたがいに痛みを覚え、絞りつくして、泥のように眠りに落ちた。

★

目覚めたのは、昼過ぎだった。夢さえ見ずに、死んだように眠った。タケはかたわらで眠っている朝美を見つめた。

愛しかった。のしかかった。朝美は夢うつつでタケを迎え入れた。さすがに絞りつくして回復していないので、快感は薄かった。

しかし、愛しいものとひとつになったという精神的な満足感は大きかった。

タケが軀を離すと、朝美は弾かれたように起きあがった。バスルームに走った。濡れた躯のまま戻り、あわてて身仕度した。タケはまだ全裸だった。

「あわただしいな」

「だってお仕事よ。美容院に行かなくては」

言いながらスカートを穿き、くるっとふり返ってベッドのタケにいたずらっぽい視線をむけた。

「捨てちゃったから、穿いてないの」

「ノーパンか」

朝美はいままでとちがう表情で頷いた。醒めた眼差しだった。豹変していた。

「お金を、ちょうだい」

抑揚を欠いた声だった。直接的な言葉を恥じるように、朝美はつくり笑いをした。小首をかしげた。奴隷の仕草だった。

そして、タケは、愛しさいっぱいの彼女に、ご主人様の慇懃さで金を渡した。朝美はビジネスの蕩《とろ》けるような笑顔をうかべ、逃げるように部屋から出ていった。

取り残されたタケは、虚脱してソファに座り込んだ。ベッドの上に投げだした財布を見つめた。現金を裸で持っているのはナンだから、と鷲尾に買ってもらったブランド物の財布だった。

昨夜は、恋人のようだった。目覚めたら、ビジネスにすぎなかった。朝美とタケをつないでいたのは、金だった。

タケは頭を抱えた。猛烈な自己嫌悪に襲われた。奴隷は、タケだ。鷲尾の金魚の糞《ふん》になって、得体のしれない金をもらい、得意になって売春婦を買った。自分のものは、なにひとつ、ない。

第六章　不道徳な男

1

太陽が黄色く見えるという。そんな表現には、とことん精液を絞りつくしたあとの、むなしくはあるが、すべてを使い果たしたという気怠《けだる》い満足感があるはずだ。

太陽は、黄色く見えなかった。空々しい白さで輝いて、タケを刺し貫いた。歩くたびに、股間が痛んだ。幾度も回数をこなしたので、性器の付け根に引き攣《つ》れるような痛みが残っている。きつく擦りつけたので、恥骨のあたりには鈍痛がある。

昼過ぎにホテルで目覚めたときは、股間の痛みは愛のあかしのように感じられた。だからふたたびのしかかった。愛しあった。

ところが、朝美に金を要求され、言われるがままの額を鷹揚《おうよう》に払ったとたんに、自分のものはなにひとつないという無力感におそわれた。

こんな虚ろな気分になったのは、生まれてはじめてだった。溜息が洩れた。溜息をついている自分を、他人のように意識して、ふたたび強い嫌悪感におそわれた。なにが、どうした……という具体的なものはない。ただ、ひどく抽象的で、曖昧な、そのくせ強烈に切実な虚無感のようなものに取り込まれていた。

昨日まで、地球はタケを中心にまわっていた。タケは、あえて意識せずとも、王様だった。

ところが、いま、タケはどこにでもいるその他大勢に過ぎなかった。地球はタケなどあずかり知らぬところでまわっていた。タケは王様どころか、惨めで矮小《わいしよう》な奴隷に過ぎなかった。

もう、歩いているのが嫌になった。タケはドアの前に立った。自動ドアが開いた。気のはやいエアコンの冷気とタバコの煙がタケをつつみこんだ。

いらっしゃいませ、ウェイトレスが声をかけ、思わずタケに見惚れて、あわてて我にかえった。

赤坂TBS前の、喫茶店だった。店内は、業界の人間でいっぱいだった。洩れ聴こえる会話には、自らを誇示する嫌らしさが満ちていた。

タケは無意識のうちにコーヒーを注文していた。ぼんやり周囲の虚飾に耳を澄ましていた。

惨めな世界だった。自分のものなどなにひとつない奴隷たちが、精いっぱいの虚勢をはっていた。

ふと気づくと、目の前にコーヒーがおかれていた。我にかえってコーヒーを口に含んだ。

コーヒーはぬるくなっていた。べつにコーヒー豆でなくても、たとえば大豆や小豆《あずき》を炒って煮出しても似たような味がするのではないか、といった程度の味がした。

タケの前に影がさした。髭を生やして、局のジャケットを着た男が、名刺を差しだした。

「きみ、どこかの事務所に所属してるの?」

タケは顔をあげた。男の瞳にはモノになる商品を発見したときの貪欲ないろが漂っていた。タケは無言で立ちあがった。伝票を摑む。

★

改装したララの店は、もうひとつ先の路地だ。このあたりは、ほかに較べて夜が濃い。ゴールデン街では、鷲尾に買ってもらったスーツは、ひどく不釣り合いだった。

酔っ払いがゴミのポリバケツに吐いていた。なぜだろう。タケは嘔吐物の酸っぱい悪臭をひどく懐かしく感じた。

吐くだけ吐いて、酔っ払いはタケに居直った一瞥《いちべつ》をくれ、左右に揺れながら、ポリバケツから離れた。タケは視野の端に、湯気をあげている吐瀉物をとらえた。たいした物を喰ってねえな……と思った。

タケは苦笑にちかい微笑をうかべながら、吐瀉物を見つめ、ネクタイに手をかけた。シルク地がこすれる涼しげな、しかしどこか癇《かん》にさわる音がして、ネクタイがはずれていった。

手のなかで、ネクタイを丸め、握りしめる。吐瀉物の上に叩きつける。ネクタイは汚物のなかに半分以上めり込んで、ひしゃげて見えた。

ララの店は繁盛していた。改装したのはいいが、ロココ調というのだろうか、曲線を主体にしたレリーフの外装は、なんとなく周囲にそぐわないような気もした。いつものごとく入口のドアは開いていた。鉄の飾り椅子を据えて閉まらないように押さえてある。

ララはタバコの煙が嫌いで、これ見よがしに換気扇をまわし、さらに店が混んでくると、扉を開け放つのだ。

タケは物陰に身を隠すようにして、耳を澄ます。ララが大げさに怒る声がした。ボソボソと釈明するような口調の猫の声。そこへ、なにやらたしなめるような口調の冴子の声がかぶさる。

タケは眩暈に似た気分で立ち尽くした。無意識のうちに、口の中で呟いた。

オヤジ……

いますぐ、即座に、ララの店に駆けこみたかった。カウンターのなかに入って、できのわるい最悪の父親の相手をしたかった。

おまえは、なんで、まっとうに、働かないんだよ！　そう叱りつけてやりたかった。

すると、猫は答える。父親に向かって、おまえは、よせ。

決まりきった、いつものやりとりだ。その決まりきったやりとりを、心の底から、切実に、してみたかった。

オヤジの面倒を見てやりたい。妙な衝動だった。猫は軀が不自由なわけでも、なんらかの理由で働くことができないわけでもない。

ただの怠《なま》け者。それにつきる。いい加減で狡《ずる》く、非常識だ。そんな男に、なぜ、惹かれるのか。

タケは苦笑したまま、首を左右に振った。ララの店にゆっくり背を向けた。

「おい」

ハッとして振り返った。猫が酔いのせいでだらしなく膨張している陰茎を剝きだしにして、タケを呼んでいた。

タケは父親の赤黒い陰茎を凝視した。

猫は親指、人指し指、中指の三本で陰茎をつまみ、振ってみせた。それから、ニヤッと笑った。タケは条件反射で叱ってしまう。

「なにしてんだよ、おまえは！」

「父親に向かって、おまえは、よせ」

「うるせえ。見たくねえよ、そんな小汚いモノ」

猫は、いきなり放尿した。水柱は、太く、大量だった。なんともアルコール臭い小便だった。しおわると、ホッと吐息をつき、満足そうに頷いた。そして、すぐに唇を歪めた。

「手についちまったぞ」

猫は手を濡らした雫《しずく》を振ってとばした。タケは絶望の溜息を洩らした。

「てめえはボケ老人か」

「ボケか。もうそろそろだな」

タケはあわてて飛び退いた。猫がタケのスーツで手を拭こうとしたのだ。

「てめえ、いくら親だからといって、そこまでしたら、殴り倒すぞ」

「似あわねえモン、着てやがるからだよ」

「――好きで着てるんじゃない」

「ま、なんでもいい。はやく着替えて、バーテンをしろ」

「ふざけるなよ。そんなチンケな商売、やってられるかよ」

「ほぉ、そういう生意気な口をきくところをみると、幾らか稼いできたようだな」

「……まあな」

タケは行きがかり上、とぼけるわけにもいかず、鷲尾からもらった封筒を懐からとりだした。とりだしてから、しまったと思った。

猫は封筒をタケの手から奪い、札を確かめ、フムフムとわざとらしい声をだした。

「ほら」

「なんだよ、これは」

「封筒だ。封筒は、いらん。おかえしするよ」

店内から、冴子の呼ぶ声がした。猫は、顔の右半分を歪めて、大げさなウインクをした。

「じゃあな」

あっさり、背を向けた。タケは、呆気《あっけ》にとられて立ち尽くしていた。手に残された空の封筒をぼんやり凝視した。

封筒のなかの金は、朝美に払った以外手をつけていないから、まだ数百万あるはずだ。ふつうの親ならば、こんな大金、いったいどうした？ と眼をつりあげて迫るところだ。

ところが猫は、金を抜き取り、封筒をタケに押しつけ、じゃあな、のひとことだけで、あっさり背を向けた。

「あいつには、勝てねえや」

タケは封筒を握りつぶした。先ほど酔っ払いがもどしていたポリバケツに投げ捨てた。鷲尾からもらった金とはいえ、貸し借りをなしにするために返済するつもりだった。

しかし、魔法にでもかかったかのように、金は猫に奪われていた。とぼけて金がないふりをすることもできたのに、催眠術にかかったように金を渡してしまった。

タケは、思った。世界でいちばんの金持ちは、猫ではないか。けっきょく猫は、自分で稼ぎもしないくせに、金に不自由したことがないのだ。

タケの顔に微笑がうかんでいた。昼下がりに感じていたあの絶望的な虚無感は、きれいに消えていた。

不思議なオヤジだ。会いたい……と切実に念じていると、まるで超能力者のようにタケの前に姿をあらわし、金だけ奪って、あっさり背を向けた。

タケはスーツのポケットに手をつっこんで、のんびり、ゆったり、鷲尾の雑居ビルに向かう。

俺には、総会屋なんて、向いていない。心のなかで独白する。つい先ほどまでの鬱な気分がまったく嘘のように晴れて、肯定的な気持ちになっていた。

2

スーツを脱ぎ、丁寧にたたんだ。とはいっても、タケは母親をほとんど知らずに育ち、服をたたむような躾《しつけ》や教育を受ける機会がまったくなかったから、たたまれたスーツは奇妙に歪んで微妙に乱れていた。

「ま、いいか」

タケはベッドの上のスーツを一瞥して、肩をすくめて部屋からでた。まっすぐ鷲尾の部屋へ向かう。

ドアをノックして部屋にはいると、鷲尾は頭にヘッドホンをかぶり、眼をとじて口をすぼめ、軀をゆるやかに左右に動かしていた。タケが顔を近づけると、ハッと眼をひらいた。

「なんだ！　タケか」

鷲尾はのけぞり、大声をあげた。鷲尾はいつだってどっしり構えて物に動じないと思っていただけに、その驚愕ぶりは意外だった。タケは曖昧に挨拶した。

「バッハの無伴奏チェロを聴いてたんだ。カザルスは、凄い。偉大だ。録音はすこし悪いが、そんなものを吹き飛ばしてしまう深みがある。コルトー、ティボーと組んだカザルストリオの、たとえばベートーベンもすばらしいが、チェロ一台だけの、単独の、この演奏こそが、カザルスのほんとうの偉大さを発揮している。カザルスが手をつけるまでは、無伴奏チェロを演奏する者はなかったんだ。なにしろいまは存在しない五弦チェロのために書かれた曲さえあるので誰も手をつけようとしなかった」

鷲尾は驚いたことを恥じるように、勢いこんで喋りはじめた。しかし、言葉は微妙に上滑りして感じられた。

タケは鷲尾が喋りおわるのを無言で待った。鷲尾はようやくタケの表情に気づき、咳払いして、訊いた。

「なにか、用か」

「はい。いろいろお世話になりましたけれど、どうやら俺には、この世界は向いていないのがわかりました」

鷲尾ははずしたヘッドホンのコードを指先で弄《もてあそ》び、上目遣いでタケを見つめた。

「で？」

「オヤジが借りた金や、昨日俺がいただいた金は、すこし時間がかかるかもしれませんが、必ず返します」

「わかった」

返事して、鷲尾は、うつむいた。タケは、強い罪悪感を覚えた。気落ちした鷲尾の様子は、ひどく痛々しかった。猫とほぼ同じ年齢の中年男には見えない初々《ういうい》しいものがあった。

タケはそんな鷲尾を見守っているうちに、なんともいえない鬱陶しさも感じた。感情をころした声で、訊いた。

「富士丸さんは？」

「富士丸は……競売屋を押さえに行って、戻らんよ」

「そうですか。よろしく言っておいてください。また、いつか遊んでください、と」

鷲尾は、返事しなかった。タケを見なかった。ふたたびヘッドホンをかぶった。眼をとじた。

タケは一礼して、背を向けた。かすかではあるが、チェロの重々しく憂鬱な響きが聴こえたような気がした。

★

「行っちゃうの?」

裕美がふるえる声で迫った。タケは、黙って頷いた。裕美はタケに軀をぶつけた。タケの首に手をかけた。タケの首を絞めた。

タケはハッとした。裕美は本気で首を絞めていた。どう対処していいかわからず、しばらく呆然と身をまかせていたが、瞼の裏側に日輪のような光があらわれた。炸裂した。呼吸を我慢できる限界まできた。払いのけた。裕美はあっさり廊下に転がった。

「ごめん」

咳こみそうなのをこらえて、小声で、あやまった。

裕美は床にへたりこんで、涙をぽろぽろこぼした。幼児のように顔を歪めて泣いていた。途切れとぎれに、訴えた。

「あたしたち……家族……家族でしょう……鷲尾がおとうさんで、富士丸がお兄さんで、タケが弟で、あたしが妹で……そして……そしておかあさんで……あたしたち、家族じゃないか！」

タケは、首を左右に振った。大人びた仕草だった。大人びた、醒めた表情だった。抑えた声で、言った。

「さようなら」

背を向けた。裕美の嗚咽《おえつ》が背に刺さった。背を向けてばかりだ。鷲尾に背を向け、裕美に背を向け……。

そんなタケの背を、鷲尾が見つめていた。扉をちいさく開き、廊下にしゃがみこんで泣いている裕美と、ゆっくり去っていくタケの背を。

3

新大久保の自分のアパートで、タケはずいぶんはやく目覚めた。落ち着かない気分で、愛車ＣＢ７５０ＦＺの整備をして午前中を潰し、近所にできた韓国人が経営する出稼ぎ韓国人相手の食堂に行った。

声高に朝鮮語で喋り、かつ食べる韓国人に囲まれて、アサリの砂を吐きだしながらチゲ鍋の定食を食い、ＣＢ７５０ＦＺのバックミラーに顔を映し、どうせヘルメットをかぶればつぶれてしまうにもかかわらず、冴子を意識して髪を整え、エンジンに火をいれ、猫の事務所に向かった。

幾日も空けていたわけではないが、猫の事務所にはいると、肩から力が抜けていくような懐かしさを覚えた。ハイライトの匂いがした。きな臭く、いがらっぽい匂いだ。いつのまにか猫の体臭にまでなってしまっている。

「オヤジ、金、かえせよ」

「なんのことかな？　威男《たけお》君」

「威男君じゃねえよ。ララの店の前でてめえが立ち小便していたとき、俺から金を奪ったただろう」

「記憶にございません」

「ふざけるなよ。あれは、俺の金じゃないんだ。返さなくてはならない」

「生憎《あいにく》、お代官様、私めには、とんと記憶にございませんな」

「おまえ、あいかわらず仕事しないで、昼日中から再放送を見てやがるのか」

「なにをおっしゃる、ご無体な。威男殿。いかに息子といえども、あることないこと、あまりにも無礼。そこに直れ、手討ちにいたす！」

猫は咥えタバコのまま、タケに飛びついた。斜め横から手刀をタケの首筋に叩きこんだ。

「痛えな！　クソジジイ。加減しろ、馬鹿野郎」

タケが怒鳴ると、猫は鼻で嗤《わら》った。そこへ冴子が戻った。買い物袋をデスクの上に置き、険悪な表情をしているタケと、薄笑いをうかべて鼻をほじっている猫を見較べた。

「なにやってるの？　外にまで騒ぎが聴こえたわ」

タケが口をひらこうとした瞬間、猫が割り込んだ。

「このガキ、首を絞められたあとがある。どうやら、女の細指かな。まったくお盛んなガキだぜ」

とたんに、タケの瞳が潤んだ。下唇を嚙みしめ、両手を固く握りしめた。

「おう、なんと、まるで絵に描いたような悲しみのお姿でござる」

猫は、小馬鹿にした口調で言い、さらにタケの顔を覗きこんで、つけ加えた。

「いつまでも、あると思うな、親と金」

言い棄てて、咥えタバコを床に吐きだす。冴子が叱ると、大げさに肩をすくめて立ちあがり、踵《かかと》で吸い殻を踏みつぶし、事務所からでていった。

「まったく……なんて人なの」

冴子が嘆息した。タケは歯を食いしばっている。あわてて冴子はタケに近づいた。

「どうしたの?」

タケは唇をふるわせた。冴子はおろおろして、タケの肩に手をかけた。

「どうしたのよ?」

「チクショオ。舐めやがって」

タケは悔しさに青ざめていた。しかし、すぐに表情を弱々しいものにかえた。

「俺は……俺は裏切り者だ」

タケは、絞りだすような声で独白した。瞳が虚ろになった。視線が定まらず、無意識のうちに幾度も溜息をついていた。

ぜんぜん平気なつもりでいた。鷲尾、富士丸、そして裕美。ぜんぜん関係ない。そんな醒めた気持ちでいた。

それなのに、タケの心は傷ついていた。裏切った、という罪悪感に、ぼろぼろに傷ついていた。

タケは、涙こそ流さなかったが、心のなかで、泣いた。慟哭《どうこく》した。感情が乱れに乱れた。それは、冴子にも伝わった。

冴子は、わけも分からぬまま、狼狽しながらタケを慰めようとした。

猫が指摘したタケの首筋にかすかに残っている指のあと。理由はわからないのだが、たしかに哀しく、切実な刻印であることが感じとれた。

しかし、ここ数日、タケがなにをしていたのかを知らない冴子は、なにごとかを耐え、小刻みに震え、かろうじて立っているタケをもてあましてもいた。

タケは、眼の前でおろおろしている冴子に気づいた。弱々しいつくり笑いを向けると、その場から逃げだすようにトイレに駆けこんだ。

タケは、泣いた。いままで耐え、こらえていたなにもかもを吐きだすように泣いた。

普段は、なにがあっても泣いてたまるかという強烈な自意識に支えられて、あくびしたときに涙ぐんだようになることさえ恥じてきた。

それが、トイレの狭い空間で、ドアをロックして、声をころして、泣いた。声こそあげなかったが、手放しで泣いた。解き放たれていった。

快感だった。泣くということは、じつは、心地よいことだったのだ。

男は涙を流してはならない。誰に言われたわけでも、強制されたわけでもないが、タケはかなり幼いころから、涙を頑なに自己規制してきた。

それは、母のない、甘える手だてをもたない孤独な少年の、逆説的な自己保身であった。とにかく、涙を流さないように突っ張って生きてきた。

本来タケは、人一倍感受性の強い少年だった。テレビドラマのありきたりのシーンでさえも胸がジーンとして、涙腺《るいせん》が反応する。だから、物心ついてから、ドラマは見ない。

年頃になって、映画館でデートしたこともあるが、あふれかけそうな涙をニセのあくびでごまかすことにも疲れ、映画も敬遠するようになった。

しかし、いま、トイレの閉ざされた空間で、タケは泣いた。はじめは、自分は裏切者であるという罪悪感と、鷲尾、富士丸、裕美のなんとも淋しい疑似家族ぶりが切なくて、泣いた。

いまは、自分がなんで泣いているのか、よくわからなくなってきていた。小学校に入学したころから、ひたすら突っ張って、こらえてきた涙が、いま、一気に噴きだしてきたようだ。

やがて、涙も涸《か》れてきた。タケはトイレットペーパーに手を伸ばした。派手な音をたてて引きちぎり、目頭を拭き、鼻をかんだ。しゃくりあげそうになる呼吸を整えた。

トイレからでると、冴子が心配そうに立ち尽くしていた。タケは偽悪的な顔をつくり、そっくりかえるような姿勢で言った。

「糞《クソ》だ。大量だったぞ」

冴子は、笑った。泣き笑いのような表情だった。いくらタケが突っ張ってみせても、真っ赤に充血した瞳は隠しようがない。

タケと冴子の視線が交錯した。悪ぶっていたタケであるが、すっと真顔になった。軽くうつむいた。聴こえるか聴こえないかのちいさな声で呟いた。

「俺には……」

「なに？」

「俺には、最悪の、オヤジがいる」

「――そうね」

「そして、俺には……」

冴子は胸の上で両手を組むような姿勢でタケを凝視していた。冴子は無意識のうちに乳房を圧迫していた。

泣きはらした眼をしたタケに、なんともいえないエロティックなものを感じていた。男の泣いたあとの顔が性的であることを、冴子ははじめて知った。

そんな冴子の昂《たかぶ》る思いを知ってか知らずか、タケはつぐんでいた口をひらき、唐突に言った。

「俺には、おふくろも、いる」

しばらく、間があった。タケの言葉が自分を指していることに気づいた冴子は、深く息を吸った。感極まった表情になった。上気した頬が熱い。耳まで熱をもっている。

4

猫は、いつものパチンコ屋にいた。タケはCB750FZをパチンコ屋の駐輪場にとめた。駐輪場はわずかだが傾斜しているので、ギアをロウにいれた。

でます、だします、とらせます――軍艦マーチにあわせて、マネージャーがカラオケで歌うときのような小指を立てたポーズでマイクを握り、嗄《しゃが》れ声でがなりたてていた。

猫は片足を灰皿の上あたりにのせ、そっくりかえるという横柄《おうへい》な格好で、あくびまじりに盤面を見つめていた。

「おじさん、通行のじゃまだよ」

タケは声をかけて、軽く猫の頭を小突いて、隣に座った。

ほんのわずかのあいだに、ドル箱がふたつ、いっぱいになっていた。タケは黙って猫の球を適当に摑みとった。ブッコミで狙いながら、呟いた。

「たいしたもんじゃん。なかなかの出玉だ」

「粘りと頑張りってやつだよ」

タケは失笑した。まだ瞳は充血しているが、あんがいカラッとした笑い声をあげた。

「ほんとうのことを言えよ。オヤジにいちばん欠けているのが粘りと頑張りだろ」

「まあな。店員を脅した」

タケはあきれた。マネージャー以下この店の店員は、どちらかといえばヤクザがかっている。インチキがばれたゴト師の改造トランシーバーを破壊し、四、五人でよってたかってシメている現場を目撃したこともある。後頭部を椅子で強打されたゴト師は、飛びだしかけた目玉を必死で押さえてのたうちまわっていた。

「店員を脅したって、でる台を、教えろってか？」

「まあ、そんなところだ」

「怖いもの知らずだな」

「いや、なにが怖いって、人間が怖いな」

猫から奪った球は、たちまちなくなった。タケは舌打ちして、ふたたび猫のドル箱に手を伸ばした。

今度は右盤面に球を集中させながら、思った。人間が怖いという猫の言葉は、本音かもしれない。なんら裏付けはないのだが、タケの直感がそう告げる。

「——ここしばらく、いい勉強をしたよ」

「似合わんな、おまえと勉強」

「銀座の超高級売春クラブの女も抱いた」

「こんど、父も連れて行け」

「稼ぎのないおじさんは、だめ」

「ということは、稼ぎのあるおじさんに可愛がってもらっていたのか」

「まあな。いろいろ世の中の裏のことを勉強したよ。まじめにやっている奴は、アホだな」

「人類の九割は、アホという名の奴隷さ」

タケは肩をすくめた。盤面で踊る銀玉を追いながら、鷲尾がピカソの絵をデパートに持っていって八千万にかえたこと、その手口を話した。

猫は黙ってそれを聞き、タケが喋り終えると、口の端で笑った。

「くだらねえ。もったいつけずに、現金を貰えばいいんだよ。わざわざそんなことをしてみせるのは、ガキじみた自己顕示欲ってやつだ。あの男も、あいかわらず小物だ。タケにそんなところを見せて、自己満足か」

猫はあっさり鷲尾を切って棄てた。このいい加減な男の小気味よさと爽快さに、タケはなんともいえない快感を覚えた。

マネージャーが揉み手で近づいてきた。腰をかがめ、おちている球を拾い、タケの台にいれ、

「どうです？　ゼッコーチョー」

猫は、眉の薄いマネージャーに顔を向け、口を尖らせた。

「この台は、あきた。いや、電動台は、あきた。手打ちの台をいれろよ」

「また、無茶を言う。いまどき手打ちなんてあるわけないでしょうが」

「ないか」

「……有楽町に行けば」

「あるのか」

「あります。有楽町の『かもめ』という店です。アレンジボールとか雀球《ジャンキュウ》の台も、ま

だ残っているんですよ。修理して維持してるんですけどね。手打ち台というのはハネというパーツの痛みが激しくてねえ。そこいらの部品のやりくりには相当苦労しているみたいだから、あと五年くらいの命かな」

「ふーん。昭和は遠くなりにけり、だな」

「まったく」

猫とマネージャーは、電子音と赤や黄色の光の点滅にかこまれて、遠い眼差しをした。タケにとっては、パチンコといえば、電動台であり、デジパチであり、セブン台であり、羽根物であった。

「こんど、おまえが休みのとき、その有楽町の店に行こう。雀球か……懐かしいなあ」

猫はマネージャーの顔を覗きこんだ。

「なんだ、おまえ、その不服そうな顔は」

「そりゃあ、猫のダンナがおっしゃりゃあ、付き合いますけどね――」

「なんだ？」

「球は、自分で買ってくださいよね」

タケは吹きだした。マネージャーはタケの耳元に顔を寄せ、言った。

「あまり大きな声で言えないけどね、ダンナはいまだって、俺の金で打ってるんだから」

5

猫はパチンコ玉を幾枚かの札に換金して、機嫌がいい。タケはCB750FZのハンドロックを解除しながら、訊いた。

「おまえ、俺から奪った金は、どうしたの？」

「なんのことかな？」

「いいかげんにしろよ。何回同じことを言わせるんだ。ララの店の前で立ち小便しながら、奪っただろう」

「まだそんなことを言ってるのか。あの件に関しては、さきほど事務所でケリをつけたでござるじゃないか。あんなモン、いつまでもあると思うないいか。父はおまえを育てるためにいままで多大な借金を重ねてきたんだ。それの返済をしたら、あんな金は、まったく残らんよ」

「嘘つけ」

吐き棄てるように言い、タケはセルをまわした。CB750FZは軽く咳こみながら、目覚めた。

湿っぽい夕暮れだった。夜半から雨になるとパチンコ屋のマネージャーが言っていた。そのせいだろう。湿った空気は、エンジンにとってあまりいいものではない。CB750FZはチューンしてあるせいもあって、軽くぐずっている。

タケは持ってきたヘルメットを猫にわたした。猫は鷹揚《おうよう》に頷き、ヘルメットをかぶると、顎を突き出す。顎ひもを締められないのだ。タケは神妙な顔をして、顎ひもを締めてやる。

父をリアシートに乗せて、ゆっくり発進させる。偉そうに構えているが、これでちょっと急加速でもしてみせると、情けない声をあげてタケの腰にしがみつくのだ。

「なあ、タケ。あの金だがな」

「なんだ?」

「おまえの将来にそなえて、定期預金にしてあるんだ」

「——いくら温厚な俺でも、しまいにゃ、怒るよ」

腰に手をまわした猫が揺れる。笑っているのだ。タケもけっきょく苦笑する。

新大久保から歌舞伎町にかけての路地は、一方通行ばかりだ。タケは一方通行をうまく組み合わせて、渋滞のない最短距離でゴールデン街に向かう。別に誇るべき相手がいるわけでもないが、なんとなく優越感を覚える瞬間でもある。

「おまえが、まだ、ガキのころだ。小学校にあがる前だ」

「なんだよ、いきなり」

「おまえは、俺の髭が大好きでな」

「意味、わかんないね」

「おまえは俺に抱きついてくる。俺は不精髭でおまえのほっぺをこする。すると、おまえは、父、いたい、いたい、いたい……と大喜びさ」

「——記憶にないな」

「まだ、赤ん坊に毛が生えたばかりのころだ。どこで覚えたのか、俺のことを父と呼んでなあ……」

タケは照れくさくなった。無愛想に言った。

「しみじみしてるんじゃねえよ」

それから、すこしだけ多めにアクセルをひらいた。

★

「んもぉー、あんたは、なにしてたのよ」

「ナニしてた」

「なに？」

「ナニ」

「ばか。あいかわらず、ばか。満足に剝けてもいないくせして」

「あ、俺、剝けてるよ。小学校のころから、オヤジに常時剝いとくようにコーチされてさ」

そんなやりとりをしながら、タケはカウンターのなかに入った。破壊された外装が変わっただけで、カウンター内はほとんど変化がなかった。ただ、ララは多少痩せたような気がした。

猫はララが漬けたという梅干しをかじりながら、オンザロックをちびちび舐めている。そんな猫を横目で見ながら、ララがタケに向かって囁いた。

「ただでさえ酸っぱい顔してるのに、なに、あの顔。梅干しのクローンみたい」

タケは肩をすくめ、苦笑しながら、仕込みに手をつける。手順などは記憶にないが、躯のほうが覚えていて、仕事はどんどんはかどっていく。

ララは、てきぱき動くタケに、眼を細めている。タケは気づかぬ振りをしているが、ララの視線は、相当に擽《くすぐ》ったい。ひょっとして、ララは空想のなかで俺を裸にしているのかな……などと考えると、思わず身を捩りたくなるような気分だ。

馴染みの客が、入ってきた。まず、猫に向かって挨拶し、タケに微笑を向けた。

「ママの愛人じゃなかった、奴隷の復活だね」

「――おかえりは、あちら」

顎をしゃくってタケが言うと、ララが尻をつねった。

「ねえ、ララ。尻をつねるのは、やめてくれない？」

「あんたがきっちり客商売すれば、なにもつねる必要はないわよ」

ふたたびララの手がタケの尻に伸びた。タケはあわてて飛び退き、馴染み客に言った。

「ねえ、丸山さん。ララは俺の尻をつねるときに、親指と中指でつねるんだ」

「ふーん。それがどうしたの？」

「親指と中指だと、人指し指があまるでしょう」

「まあね」

「あまった人指し指は、肛門に突っ込むんだ」

常連客は、軽く宙に視線をやり、親指と中指でつねる仕草をし、あまった人指し指を肛門に挿入する格好に動かした。なるほど……と、頷いた。さらに、これは女の子にも使えるな、と呟いた。

とたんに、猫が口に含んだスコッチを派手に吹きだした。タケは素早くよけたが、ララはまともにかぶった。タケは猫とララを交互に見較べて、精いっぱい憎らしい声をつくって言った。

「きったねえ―」

★

今夜のララの店は、いつにもまして、大繁盛だった。富士丸は路地の暗がりで、無表情にララの店の様子をうかがっていた。

冴子が店からでてきた。数分前に入っていったばかりだった。酒は飲んでいないようだ。どうやら働きはじめたタケの様子を見にきたようだ。富士丸は冴子の腰のあたりに視線を据えた。欲望がその眼差しを掠めていった。

「今日のところは、勘弁しておいてやる。あんたは、これから先のお楽しみだ」

富士丸は、独白すると、冴子の後ろ姿を見送った。冴子は角を曲がった。その姿が見えなくなった。富士丸は切ない吐息をついた。硬く勃起させていた。

はじめて冴子を見たときから、なんとか近づきたいと思っていた。こんないい女が世の中にいたのか……富士丸にとって冴子は、思わず嘆息するほどの存在であった。

納得できないのは、あんないい女が、なぜ眠り猫のようないい加減で投げ遣りで甲斐性もない男と一緒に暮らしているのか、ということだ。

それればかりではない。タケにしても、いかに父親とはいえ、なぜあれほどまでに眠り猫に尽くすのか。富士丸が同じ立場だったら、猫などとうに見棄てているだろう。あれほど向上心のない男もめずらしい。その日暮らしがしみついて、心底腐りきっている。そのくせ要領のよさだけは抜群だ。

眠り猫は、ひとことで言ってしまえば、不道徳なのだと思う。それは政治家などが口にするような道徳ではなくて、もっと根本的なものだ。

猫には、道徳が欠けている。人としての根本的ななにかが欠けている。富士丸はそう結論した。許せない。しかし、妙なことに憧れも感じる。

いかに父とはいえ、タケはこんな男になぜあれほどまでに尽くすのか。

いくら考えても、富士丸には理解不能だ。それとも、これが家族というものなのだろうか。これが絆というものなのだろうか。

富士丸は、舌打ちした。舐めるんじゃねえ、口のなかで憎々しげに呟いた。作業ズボンのポケットをあさる。ウイスキーのポケット瓶をとりだす。人の気配がないことを確認して、革ジャンにウイスキーをふりかける。芳香が立ち昇る。

タケと一緒に大学生をビルの屋上から突き落としたときもそうだったが、富士丸は重大なことをはじめようとするとき、案外子供っぽい作為をする。

あのときは学生にたくさんタバコを吸わせて自殺を演出した。こんどは、酒の匂いを立ち昇らせて、自らをひどい酔っ払いに見せかけた。

富士丸はうつむいて、顔を隠すようにして、ララの店に近づいた。酔って足がもつれたふりをする。店の前に停めてあるCB750FZの横に転がる。

ララの店から、男がでてきた。富士丸は身を硬くする。男はサラリーマン風で、酒臭い富士丸を一瞥すると、軽く微笑して頷き、独りで納得して、角に消えた。

富士丸は鋭い眼差しのまま、安堵の吐息を洩らした。手早くメガネレンチをとりだす。CB750FZの前輪にとりつく。

前輪をフロントフォークに固定しているアクスルナットにメガネレンチを嚙ます。掌の手首に近いところでメガネレンチを叩くように衝撃を加える。

アクスルナットはあっさり緩《ゆる》んだ。素早くメガネレンチをしまい、指先でナットを反時計方向にまわす。

ナットがはずれた。富士丸は手のなかのナットを見つめる。セルフロックのついたチタン製の特注ナットだった。

ゆっくり起きあがる。軽くふらついてみせる。我ながら巧みな酔っ払いの真似だと自画自賛する。すこし大胆な気分になった。ついでだから、と中指をフロントホイールカラーに挿しいれ、アクスルシャフトを押す。

丁寧にグリスアップしてあった。シャフトはあっさり右側に移動した。あまりはずしておくと、前輪がはずれる前に激しく振れて、異常に気づかれてしまうだろう。

富士丸は立ちあがった。ゆらゆら揺れながら、角を曲がった。ゴミのポリバケツにアクスルナットを叩き込む。

第七章　愛は、ない

1

閉店時間は、あってないようなものだ。それでも始発の時間になると、酔っ払いたちは自発的に、あるいは強制的に店から追い出される。誰もがひどく酔っている。気持ちのいい酔いなどとっくに通りこして、半分死んだような状態である。

タケは、店に入ってしばらくはビールなどのご相伴《しょうばん》にあずかるが、午前零時をすぎてからは、オートバイで帰ることを念頭において、アルコールを口にしない。酒よりも、オートバイ。タケはストイックだ。以前、すこし飲んでCB750FZを運転して、交差点の左折で転倒したことがある。しらふだったら絶対に避けるマンホールの蓋の上でCB750FZを寝かせたのだ。

コップ一杯のビールで、なによりも大切なCB750FZの左半分が傷だらけになった。集合管に換えているせいで、左にはマフラーがない。軽い転倒にもかかわらず、CB750FZの傷は大きかった。

以来、誰のためでもなく、ただCB750FZのために、飲んだら乗るな、を実行している。人間の傷は放っておいても治るが、単車の傷は、治らない。そんなバイク乗りの先輩の台詞が素直に実感として感じられる。

タケは酔っ払いたちを適当にあしらいながら、冷静に観察していた。たいして変わらない人もいれば、豹変する者もいる。とりあえず、みんな酒を飲めば、酔う。

そんななかで、猫だけはわりあいしっかりしていた。というか、ふだんから酔っているような感じなので、いくら酒を飲んでも変化したように見えないのかもしれない。

ララもかなり酔っていた。猫だけ残して、ほかの客を追いだし、後かたづけをタケにまかせて、猫の横に座る。

「おい、化け猫。お酌しろ」

「化け猫はおまえだろうが」

「生意気言うな、化け猫。あたしはあんたの馬鹿息子の更生に一役買っているんだぞ」

グラスを拭きながら、タケが割りこむ。

「馬鹿息子はないだろ。馬鹿オヤジって言うならわかるけど」

「ごめん。失言。タケの言うとおり。前言撤回。こら、馬鹿猫」

「やれやれ。化け猫変じて、馬鹿猫か」

「ねえ、ララ。馬鹿猫ってのもいいけど、オヤジの場合、馬鹿猫、化け猫、ハゲ猫って具合に韻《いん》を踏ませると、なかなか詩的だぜ」

「ハゲ猫……どれどれ」

ララは立ちあがり、猫の背後にまわった。小指をたてて、色っぽい仕草で猫の髪をいじる。

「ふーん、うまくカバーしてるじゃない。もっと堂々としたら？　トレンディなアルシンドタイプじゃない」

猫はタケを睨む。

「てめえ……よくも」

「いくら隠したって時間の問題だよ。いさぎよくあきらめろよ」

「いいか、タケ。これは他人事じゃないんだぞ。おまえは俺の息子なんだ。時間がたてば、おなじ運命だぞ」

「ゲッ」

「しかも、おまえの母方の家系は、チョー若ハゲの家系だ。おまえのそのふさふさした髪も、まあ、二十三くらいまでだな」

「ゲゲッ」

「ちょっと、猫。二十三て歳はどっからでてくんのよ?」

「にーさん寄ってらっしゃいよ。たまたまだ」

「そうかしら。変よ。変。なにかある」

猫は舌打ちする。

「また、ララの深読みがはじまったぜ。どうでもいいことを、ねちねち悩んで絡むんだ」

タケはそっと苦笑する。二十三というのは、猫が冴子と知りあったときの、冴子の年齢だ。それ以来、猫はなにか数字を口にするときは、なんでも二十三なのだ。無意識に口をついてしまうらしい。

拭いたグラスをいいかげんに棚に戻し、タケはふたりに声をかける。

「もうとっくに夜が明けましたぜ。若輩者《じゃくはいもの》のわたくしは、ご老人方の元気さにはとてもついていけません。お先に失礼させていただきます」

「なに、生意気言ってんのよ、将来ハゲの小僧が。あたしと猫、送っていきなさい」

「送っていくって？」

「単車があるじゃない」

「メット、オヤジの分しかない」

「あんたみたいな暴走小僧にメットは似合わないわよ」

「三人乗りか……」

「知ってるのよ。あんたと猫と、冴子でサンケツしてるの」

「しょうがねえな。わかった。でも、ララ、頭でかいから、メットかぶれないんじゃないの？」

「てめえ、社長様に向かって従業員の分際で」

タケとララがやりとりしているあいだも、猫はなんともうれしそうな顔をして、スコッチを飲んでいる。

猫の好物は、いまどきジョニーウォーカーだ。赤でも黒でもいい。猫に言わせれば、昔は飲みたくても飲めなかった、とのことだ。

★

夜半に一雨きたのだが、いまはあがっている。もっとも、いつ降りだしてもおかしくない雲の低さだ。早めにCB750FZの暖気運転をきりあげ、猫とララのヘルメットの顎紐《あごひも》を締めてやる。

いやだなあ……と思ったが、案の定、ララはタケにしがみついた。タケと猫にはさまれて、ララは歓声をあげる。

「最高！　疑似三連数珠《じゅず》繋《つな》ぎよ。猫がガタイのわりにお粗末なマラをあたしの百戦錬磨のアヌスに入れるでしょ、あたしはタケの童貞アヌスにブチ込んで、タケは猫の腐れアヌスに近親相姦よ。そうすれば、三連数珠繋ぎの完成なんだから。これって、完全な平等なのよ。犯し犯され。平等って、痛みも快感もわけあうものなの。ああ……残念。単車の上では、猫とタケが繋がることができないからあくまでも疑似三連数珠繋ぎよ。でも、いいの。あたし、猫とタケにはさまれて、ああ、だめ、竿先濡れちゃう。カウパー、でちゃう。竿先、濡れ濡れよお。ねえ、知ってる？　うちに来る物書きと編集者、カウパー通信ていうのをファックスでやりとりしてんのよ。いいなあ、あたしもファックス買うから、タケも買いなさいよ。愛の交換日記も、いまやファックスの時代なの。ファックスでファック、いやだー、おもしろくない」

タケは溜息をついた。猫は舌打ちした。まったく、よく喋るオカマだ。オートバイの三人乗りで、男ふたりにはさまれることがうれしくてしかたないのだ。

無言でタケはCB750FZを発進させた。ララは勃起させていた。それをタケの尻に押しつけるのだ。たまらない。だが、いまさらそれを怒ったり指摘するのはためらわれた。

だから、降り落とさない程度に急加速した。悲鳴があがった。いちばん後ろの猫が、殺す気か！　と叫んだ。タケは口の中で、いちど死んでみろ、と呟いた。

★

信号待ちでブレーキをかけるたびに、前輪が微震動するような気がする。なんかへんだなあ……そう内心で思いながらも、背後のララがきつく押しつけ、こすりつけるのでそっちに気をとられて、新宿五丁目東交差点を発進した。

右手に見える御苑《ぎょえん》大通派出所の警官が、タケ、ララ、猫の三人乗りに気づいて、なにやら大声をあげている。

タケはクラッチを切ってギアを抜き、派手に空吹かしする。警官を挑発する。早朝のビルの谷間に直管の爆音がとどろき、反響する。

そのままアクセルをあけていき、靖国《やすくに》通りを市ヶ谷方向に暴走する。速度計は九十キロあたりを示している。

タケは右に、左に車線を変え、遅い車をクリアしていく。ノーヘルのタケの頬に風が突き刺さる。風圧で瞳が潤む。

ララが呻いた。嫌な予感がした。

「……イッちゃった。猫があたしの乳首を妙な具合につまむから、すっごく感じちゃった」

心底、嫌気がさした。どこまでが冗談か本気か判断しようがないから真剣に怒るわけにもいかないが、じつに不快だ。

「ええい、この際だから、ララ、連続してイッちゃう」

しばらく、びくびく痙攣していたララが、ふたたびタケにこすりつけだした。タケは肘をララに叩きこもうと、左手をハンドルからはずした。

そのときだ。先行していた右横の新聞配送のトラックが急激に進路を左に変えた。トラックは、新聞を配送し終えて、空荷だった。空荷のトラックは、荷物を積んでいるときとは較べものにならない敏捷な動きをする。

タケは一瞬戸惑った。こすりつけるララに気をとられていたので、反応が遅れた。思いきりブレーキレバーを握ってしまった。

フロントフォークが急激に沈みこみ、前輪が変形して、路面を噛む。キュッ、キュッ、と断続的にロックして、タイヤと路面の接点から青白い煙があがる。なんとか追突せずぎりぎりのブレーキングだった。トラックのテールが遠ざかる。

にすんだ。安堵の息をつく。

ララを叱ろうと首をねじ曲げた。そのときだ。いきなり突《つ》っ支《か》い棒がはずれたかのようにCB750FZは前のめりになった。

タケは見た。CB750FZの前輪だけが斜め横を転がっていくのを。情況がのみこめず、あっけにとられたときは、軀が宙に浮いていた。

視野のはしに、フロントフォークを路面にめりこませ、火花を散らして滑ったあげく、二転、三転して、引きちぎられるように変形していくCB750FZの哀れな姿が映った。

猫やララのことより、巨大な質量をもつCB750FZが路面に叩きつけられて無《む》惨《ざん》に変形していくことに胸が痛んだ。——人間の傷は放っておいても治るが、単車の傷は、治らない。

ほんの一瞬なのに、長い長い時間だった。路面が迫った。すべてをクリアに認識し、あれこれ考えているのだが、現実は徹底して無力だった。

質量であるとか、慣性の法則といった物理の実際を身をもって知る。いま、タケは、物にすぎない。路面に叩きつけられる瞬間にかろうじてできたことといえば、頭から激突して脳漿《のうしょう》を周囲に撒き散らさぬために、首をすくめることだけだった。首をすくめること、それさえも、じつは偶然そうなっただけかもしれない。とにかくタケはノーヘルの頭をかばう格好で、左肩から路面に激突した。投げ棄てられた人形のように舗装の上を転がっていく。夜半の雨で、まだ幽《かす》かに路面が濡れていたので、摩擦による火傷《やけど》はそれほどひどくない。

ようやく転がりやんで、背後を向くと、猫とララが折り重なるように道路に転がっている。そして、猫とララの直前で、後続の車がかろうじて止まっていた。

「悪運の強いジジイどもだぜ」

タケは呟き、猫とララが後続に轢《ひ》き殺されなかったことを感謝した。ゆっくりふたりのところへ行く。足は左右ともなめらかに動く。痛みもない。タケは安堵の吐息をつく。

「おい、生きてるか」

猫は苦痛に顔を歪めたまま応えた。

「親に向かって、なんて口のききかただ」

とりあえず、生きている。タケは、ララを覗きこむ。ララは弱々しく照れ笑いした。

「ごめんね……あたしがつまらないことをしたばっかりに……」

「生きててよかったよ。死んじゃったら、ザーメンまみれのパンツを発見されて、大笑いされちゃうよ」

タケはざっとふたりの様子を観察して、急停止している後続の車の運転手に、救急車を呼んでくれと頼んだ。どうやら猫もララも、足をやられているようだ。ふたりとも立ちあがることができない。

運転手は頷き、しかしすぐに動こうとせず、タケの胸のあたりに視線を据えて唇をふるわせている。

「なんだよ？　はやく救急車」

そう迫ったとき、ララがふらふら立ちあがってタケの横にきた。

「大丈夫なの？」

「あたしはかすり傷よ。でも、猫は足が折れているみたい。それに」

ララはタケの胸元を示した。厚手のＴシャツを着ていたのだが、血で真っ赤に染まっていた。血に気づいたとたん、首の付け根あたりに鈍痛がはしった。タケは舌打ちした。無言で背を向けた。大破したＣＢ７５０ＦＺのところへ行った。

屑鉄《くずてつ》と化したＣＢ７５０ＦＺを観察するタケの眼は、醒めていた。なぜ、前輪がはずれたのか。周囲を丹念に見まわす。ずいぶん離れたところにアクスルシャフトが転がっていた。

「冗談じゃねえよ。はずれるわけがない」

タケは結論した。なんらかの人為的な力が加わらない限り、前輪がはずれるはずはない。セルフロック・ナットは、自らの締め付けトルクによってセルフロックがナットとは別に嚙みあう構造だから、論理的に緩《ゆる》むはずがないのだ。

「やりやがったな」

タケは鋭い瞳で独白した。ララに肩を借りて、片足を引きずりながら、猫がかたわらにやってきた。タケは左右に首を振った。

「やられたよ。こういう知恵が働くのは、たぶん、富士丸だ。前輪をとめているナットを緩めやがった」

「そうか。おかげで右足が折れたようだ」

「じき救急車が来るよ」

「おまえもいいかげん歩道に行って、横になれ」

「なんで？」

「骨がでてる」

「なに?」

「鎖骨っていうのか。肉を破って、とびだしている」

タケは自分の首を見ようとした。しかし、死角になっていて見えなかった。たしかにTシャツは血まみれだが、肝心の部分は自分の眼で確認することはできない。眼で確認できないことには、骨が飛び出していると言われても、冗談のようにしか聴こえない。

そっと顎の先で左鎖骨を探ってみた。ハッとした。たしかに、なにやら尖《とが》ってささくれだったものが、顎の先に触れた。ようやく左腕が動かないことに気づいた。

「オヤジ……」

「おう」

「俺、気分が悪くなってきた」

「まあ、いい気分がする奴はいないだろうな」

「まいったなあ……」

「ごちゃごちゃ言ってないで、歩道に行け」

「——俺たちのせいで渋滞が起きてるもんな」

タケは歩道に行った。そこで、情けなく腰を抜かした。もう、一歩も動けなかった。肩で息をした。喉がからからで、全身にねっとり粘る嫌な汗がうかんでいた。

「オヤジ……凄え痛え」

「泣き言、言うな。まったく、親子そろって朝の歩道でくたばってるなんざ、情けないぜ」

ララはかたわらで祈るように手を組んで、おろおろしている。いちばん最初にやってきた、自転車の警官に向かって、おねえ言葉ではやく救急車を呼べと迫っている。警官はおねえ言葉をつかう中年男に、腰が引けている。タケは横目でそれを見て、歪んだ苦笑をうかべた。

「タケ」

「なに？」

「傷口を心臓より上に向けておくんだ」

「そうすると、なにかいいことがあるのか」

「こういう場合は、年長者の言うことを黙ってきいておけ」

「ふだん年長者らしいことをなさっている方のご意見ならばねえ」

猫はニヤッと笑い、手を伸ばした。そっとタケの頬に触れる。タケは、薄く眼をとじる。

「ごつい手だな……グローブ要らず。暖《あった》けえや」

救急車がやってきた。パトカーもやってきた。タケはそれぞれのサイレンを聴きながら、眼をとじたまま猫の掌に頬を押しあてている。

2

父と子は、救急車に乗せられた。空気で膨らんで折れた患部を固定する器具があるのだが、タケの場合、骨が外に飛び出している開放骨折なので、使えない。猫は右足の臑《すね》を中心に固定されてなにやら鼻歌を唄っている。

激痛に耐えながら、タケは猫を盗み見る。よく唄っていられるな……呆れてしまう。唇のはしに苦笑がうかぶ。救急隊員は、そんなタケの気丈さに感心していた。

折れた骨が肉を突き破って露出しているのだ。ふだん強気な者も、こういった情況ではショック症状をおこし、幼児化してしまうことが多い。救急隊員は泣き言ひとつ言わないタケの気をまぎらわしてやろうと考え、声をかけた。

「おとうさん？」

「はい」

「親子そろって、強いね」

「どういうことですか」

「おとうさんも、鼻歌を唄ってられる状態じゃないんだけど」

「あいつは、人並みな神経がないから」

救急隊員は、失笑した。そっとタケに耳打ちした。

「キミのほうが派手だけれど、実際はおとうさんの骨折のほうがひどいんだ」

救急隊員はタケに感染症の恐れがあることは、口にしない。猫と比較させることで、巧みにタケを励ます。

「歌だけど、替え歌なのかな？」

「きんきんきんたまの七不思議ってやつでしょう。軍艦マーチのメロディで唄うんです。オヤジは、あれ以外歌を知らないんですよ」

「まいったなあ……」

「殺しても、死なないから」

タケは猫に向かって顎をしゃくって言い、救急隊員に訊いた。

「ララは……あの気持ち悪いおじさんは？」

「かすり傷。キミのおとうさんがショックアブソーバーの役目を果たしたみたいだ。いま、お巡りさんにあれこれ訊かれているよ」

「――全部、僕が悪いんですよ」

「僕は、裁く人じゃない。看護する人。いい悪いなんかどうでもいいから、はやく怪我を治すことを考えなさい」

★

いままで味わったことのない種類の注射の痛さだった。顔をしかめたタケに向かって、医師はどこかうれしそうな口調で訊いた。

「痛いだろう?」

「もう、泣きそう」

「でも、ほんとうによかったよ。よけいな感染の心配をせずにすみそうだ。よけいなことをして骨髄に雑菌が入ったりしたら、ことなんだ。骨の欠損もないみたいだから、うまくいくよ」

「オヤジが触るなって言いました。空気はしかたないが、それ以外は触るなって」

「おとうさん、わかってる人だね」

タケは肩をすくめようとして、思いとどまった。首から肩につながる骨が折れているのだ。もう、喋るのが懈《だる》い。純白の天井をぼんやり見つめていると、看護婦が手術室へ運ぶ準備をはじめた。

手術は局部麻酔で、医師や看護婦のやりとりがすべて聴こえた。ハンマーだのペンチだのピンカッターだの、まるで日曜大工のような道具の名前がタケの上を通りすぎていく。

手術は、まさに人の骨をつなぐ、即物的な大工仕事だった。そして、この病院の担当医師は、卓越した大工だった。的確で素早く、その縫合の跡など、しっかり美意識があった。

あっけなく手術は終わり、タケの上半身左側は、看護婦たちの手でギプスで固められた。タケの美貌は看護婦たちの噂になり、関係のない看護婦まで、ギプスで固められていくタケを見物しにやってきた。

「はい。鎧《よろい》のできあがり」

タケは顔をしかめた。ちょうど胸の下まである白いシャツを着せられた格好だ。ただし、このシャツは、まさに鎧のように硬い。

看護婦たちは、タケの品定めをしている。もうすこし太らないと趣味じゃないとか、耳にピアスの穴があいているのは好みではないといった声がタケのところまで届く。

タケが咳払いすると、看護婦たちは嬌声《きょうせい》をあげながら散っていった。残った担当の中年看護婦が腕組みして悪戯《いたずら》っぽい声で言った。

「いまなら、ギプスで固められて一切逆らえないから、思いのままね」

★

タケは個室に送られた。訊きもしないのに、看護婦が、おとうさんの手術は明後日と教えてくれた。

「個室って、高いんでしょう？」

「ひとりじゃ、淋しい？」

「うーん、むずかしいところだな」

「ララって方が、威男君は個室にって。おとうさんも個室に入れてあげようとしたらしいんだけれど、その分酒代を無料《タダ》にしろって言ったらしいわ」

「俺のオヤジって、ほんとうにバカ」

「あら、可愛いじゃない。威男君も人気者だけれど、おとうさんも看護婦たちの人気者よ」

「やらせろとか騒いでるんじゃねえの？」

「ご名答」

タケは笑う中年看護婦の目尻の皺を見つめる。カラッとしているが、妙な色気のある看護婦だった。タケは、ホッとした。この人なら、甘えられる。

躯から力を抜いた瞬間だ。鈍い、しかし執拗な気配を含んだ痛みが左胸にひろがった。

「痛くなってきた」

「麻酔、切れたのね」

タケは溜息をついた。看護婦は腕組みしたまま、ベッドのタケを見おろす。無表情に言う。

「痛み止め、入れてあげる」

「入れる？」

「座薬」

短く言って、病室のドアをロックする。タケに向きなおり、流線型をした白い銃弾のような物を示す。

「右肩を下にして」

言われたとおりすると、看護婦はいきなりタケの寝間着を捲《まく》った。パンツに手をかける。タケは身を硬くする。

「あの……やっぱ、いいよ、俺」

「すぐすむから」

看護婦は無表情に尻に手をかけた。押しひろげられた。肛門に硬く尖った座薬の先端が触れた。

「力を抜いて」

「はい」

肛門に異物を挿入するのは、初めての体験だった。座薬はあっさり直腸内に消え、わずかな異物感だけを残して初体験は終わった。

タケは無意識のうちに背後の看護婦のスカートを摑《つか》んでいた。ちょうど太股のあたりだ。看護婦はその手をそっとはずし、タケの正面にまわった。

「眠くなるから。すぐに楽になる」

看護婦は出ていこうとした。タケはふたたび幼児が甘えるように、看護婦のスカートを摑んだ。看護婦は苦笑して、タケのかたわらに腰をおろした。タケはすりより、看護婦の膝《ひざ》の上に頭をのせた。

看護婦の香りがした。消毒液の匂いにまじって、うっとり暖かい、潤いの匂いがした。タケは自由のきく右手で彼女の腰を抱き、顔を埋めた。母の軀の匂い。遠い記憶がよみがえった。ゆっくり落下していくように、眠りに引きこまれていく。

3

「猫の手術もうまくいったって」

タケの枕元に花を活《い》けながら、ララが言った。タケはあくびをかえす。一日二度の点滴以外は、まったくすることのない退屈な毎日である。

「でも、ちょっと凄かったみたいよ。折れた臑《すね》の骨が互い違いになっているから、手術前に穴あけて、鉄棒を通して、四人がかりで引っ張って矯正したっていうんだから」

「どういうこと？」

「だから、臑を貫通する穴をあけて、そこに鉄棒を通したのよ。野蛮よねえ」

タケは無視して、ふたたびあくびした。なんとも気怠《けだる》い午後だ。いいかげん個室にもあきた。さりとてストレスのたまりそうな大部屋へ移る気もしない。ララはタケが読み散らした漫画週刊誌をていねいにかたづけた。

タケはそんなララを盗み見る。ララが足繁く見舞いに通うので、タケはじつはホモだという噂が看護婦のあいだでたっていた。

「すっげー、退屈」

「猫のところに行けばいいじゃない」

「なんか、看護婦に悪さしたっていう噂だぜ。冴子さんが怒ってた」

「猫なんて、根っから不潔な女好きよ」

「俺だって女好きだけど……」

「なに？」

「なんでもない」

ララのせいで、まったく看護婦が寄りつかなくなってしまったとは口にできなかった。かわりに、退屈まぎれに訊いた。

「ねえ、ララは、鷲尾さんからいったい幾らくらい金を借りてるの？」

「──四千万少々」

「ぜんぜん返してないの？」

「返す気はないね」

「なぜ？」

「いいだろ。これはあたしと鷲尾のことだから」

「借りた金は返した方がいいんじゃない？」

ララは、黙りこんでしまった。ふだんならば、タケはこれ以上のことに触れなかっただろう。しかし、タケは退屈しきっていた。

「こないだ、鷲尾さんはピカソの絵を返品して、八千万、儲けた。実働十五分くらいかなあ。あんなにあっさり金を手に入れることができるなら、ララの四千万くらい、忘れてくれればいいんだよね」

「冗談じゃないよ。忘れられてなるもんですか！」

「なにか、怨みでもあるみたいだね」

「怨み？　恩はあっても、怨みはないよ。ララの店は、鷲尾が持たしてくれたんだ」

「なんだか、わかんないよ。いったい、ララと鷲尾さんは、どんな関係だったの？」

「あんた、いまだに、鷲尾にさん付けするのか？」

「うーん。嫌いじゃないよ、鷲尾さん」

「富士丸は？」

「あいつは、殺す」

「ニコニコして言わないでよ」

「富士丸も、嫌いじゃないけど、許せないよ」

ララは顔をそむけた。タケの笑顔は、まるで子供じみている。たぶん、虫を殺すように富士丸を殺す。危ない無邪気さでいっぱいの笑顔だった。

「あんた、暴力はやめな。なんの解決にもならないよ」

「解決？ 俺、はじめから解決する気なんかないもん。とにかく自分が満足すればいいんだ」

「野蛮」

「そうかなあ、腹にためこんで笑ってるほうがよっぽど変だよ」

さすが、猫の息子。世間の常識が通用しない。ララは妙なところで感心した。これが血というものだろうか。

「あたし、鷲尾の子供が欲しくて……」

唐突なララの言葉に、タケは眼を丸くした。

「どうしたの、いきなり」

「タケは、顔かたちは似ても似つかないけど、やっぱり、猫の息子よ」

「そりゃあ、まあ、証拠をだせと迫られると困ってしまうけど、俺はあの馬鹿猫の倅《せがれ》だと思うよ」

「だいじょうぶ。血液鑑定しなくたって、あんたは間違いなく猫の息子よ」

「あまり嬉しくないけどね」

ララはうつむいた。指先を弄ぶ。溜息をつく。タケは対処に困り、ララの顔色をうかがう。

「あたし、鷲尾と組んで派手に仕事していた時期があったの。あたしの青春時代」

なんだか尻のあたりがむず痒い台詞であるが、タケはよけいな合の手をいれず、神妙な顔をして頷く。

「鷲尾が駆けだしの総会屋だったころ。鷲尾はもともとヤクザというかチンピラで、でも、野心家だったのよ」

「いまは、ずいぶん淡々としてるみたいだけど」

「そのころは、ギラギラ。口より先に手が動くタイプ。颯爽《さっそう》としてたわ」

ララは遠い眼差しをした。タケは中年オカマの潤んだ瞳を盗み見て、心の中で苦笑する。

「あたしは歌舞伎町や三丁目でタチカマをはじめたばかり。鷲尾は、タチンボのオカマの管理を組からまかされてたの。早い話が、売春のアガリをかすめとる役目ね」

鷲尾とララは、なぜか気があったという。愛情はともかく、友情を抱いたというわけだ。

当時の鷲尾は、酔うと口癖のように、大物になりたいと洩《も》らしていたという。しかし、暴力を主体としたヤクザの限界も感じていたらしい。

ところで、財界人には、意外と同性愛や女装趣味が多い。同性愛、女装といった趣味は、どちらかというと高学歴、あるいは社会的地位の高い者に多いのだ。ララの客にも、一流財界人が多かったという。

「あとは医者とかデザイナーとか、芸能人ね」

「それってよく聞くけど、ほんとうのことなんだ？」

「もちろん。偉そうにしている奴ほど、裏があるのよ。で、あたしはベッドで財界のお偉方とお付きあいしているうちに、思ったの。こいつらからうまくアガリをかすめとれないかって」

鷲尾に相談を持ちかけると、鷲尾はいままでにない鋭い表情をしたという。

「色っぽかったわよぉ。もう、あたしの肛門はきゅっと締まって、竿先はカウパーまみれ」

タケは顔をしかめる。あのとき、ララがこすりつけさえしなければ、事なきを得たかもしれないのだ。実際、前輪のフレには気づいていたのだから。ただ、ララが押しつけ、こすりつけるので、神経がそっちに行ってしまった。

ララは、そんなタケの思いなどおかまいなく、眼を細めてのろけている。とにかく、鷲尾が暴力ヤクザではなく、経済ヤクザを志したのは、そのときだという。

「ねえ、タケ。そんなお偉方を震えあがらせ、困らせ、思うように操るには、どうしたらいいと思う?」

「さあね」

「簡単よ。シモネタ。シモネタさえ摑めば、社会的地位のあるオジサマほど、もう奴隷」

「シモネタか……」

「おたくの専務は女装趣味、おたくの社長はララの肛門を舐めまくったあげく、三発もイッた、なんてネタを摑めば、企業なんてイチコロよ」

「まあ、偉い人ほど、体面を守らなければならないよね」

「そう。そうなのよ。で、なぜか、地位もある、お金もあるって人は、ホモなのよ」

一概にそうは言えないだろうが、ララの言っていることは体験に裏打ちされた説得力があった。タケは先を促す。

「そこで、鷲尾とララの黄金コンビ結成よ。黄金のきんたまコンビ。きゃー、卑猥」

タケは咳払いする。ララは冗談が過ぎたことを悟り、真顔になる。

「とにかく、あたしと鷲尾は一緒になって、総会屋の第一歩を踏み出したわけ。あたしが軀を張ってネタを掴む。鷲尾はそのネタの有効利用を考える。ま、有効利用というのは、単純に恐喝だけど。

でも、シモネタって、呆れ驚くほど効くのよ。効果抜群。あたしみたいに居直ったオカマはともかく、皆さん、同性愛を絶望的なタブーのように考えてらっしゃるから」

その様子は、タケにも想像できた。ララがネタを掴み、怖いもの知らずの鷲尾が行動する。まだ若かったふたりは、精力的に動いたことだろう。危ない橋も渡っただろう。

「タケはひどいって怒るかもしれないけど、その気《ケ》がない人だって、あたしが出動すれば、簡単に陥《おとし》れることができるのよ」

「ララの魅力でもって？」

「あー、皮肉なお言葉！　嫌なガキね。いいこと。まったくその気のない専務の自宅にあたしが出かけていくの。そして、玄関先で大騒ぎしてやる。オカマ、狂乱よ。

『この家のご主人が、さんざんあたしを弄んで棄てた』って騒ぎまくってやるの。家族はびっくり、奥さん、しゃっくり。これが第一段階。これで落ちなかったら、その人の会社までご面会に行ってしまう。べつに本人に会えなくったっていいのよ。会社の受付で、衆人環視のなかで、嘘泣きして、大騒ぎしてやるの。『びぇーん。専務さんにさんざん犯されたあげく、棄てられた』って」

タケはあきれ果て、首を左右に振った。

「ひでえ……」

「これで幾人とばしたことか。銀行の専務とか、証券会社のお偉いさん。体面を重んじる企業は、本人の釈明なんて聞きはしないわ。

そして、鷲尾とララのコンビは危険だ、という噂ができあがるわけ。で、鷲尾は目星をつけた企業に出かけていくの。

相手は、もう、おもしろいように狼狽《うろた》えるわ。鷲尾がなにも言わないうちから、お金を包んで渡してくる。ばっちりよ」

誇らしげに言ったララであるが、すぐに顔がくもった。

「でもね……」

「でも？」

「鷲尾がこの業界で認知されるにしたがって、あたしの出番はなくなっていったの。それればかりか……あたしなんて、邪魔者扱いよ。邪魔者の、化け物」

タケはララから曖昧に視線をはずした。なるほど。こんどは鷲尾のほうが体面をかまいだしたのだろう。鷲尾がのしあがっていくにしたがい、異形のララは邪魔になってきた。

「そんなとき、男のとる行動って、知ってる？　よく覚えておきなさい。むげに放り出すことができないくらい深い関係だと、お金でケリをつけようとする」

ララは吐息をついた。淋しげに笑った。

「女なら、内縁の妻だからとか騒いで、自己主張できる。でも、あたしは、オカマ。淋しく身を引くしかないわ。あたしが騒いだら、ただの喜劇よ――」

ララは目頭を押さえた。絶句した。

タケは上目遣いでララを見つめ、喉仏をぎこちなく上下させた。ララの痛みがタケの心に刺さる。タケは、ふてくされた顔をして、舌打ちする。

「鬱陶しいよ。泣くオカマなんて、最低だぜ」

ララはしゃくりあげながら照れ笑いした。

「そうよね。こんなおじさんが泣いたら、不気味よね」

タケはむっとした顔をつくって、黙っている。内心、ひどく動揺していた。しかし、ここでやさしい言葉をかけでもしたら、一緒になって涙を流してしまうかもしれない。そんな不細工なことには耐えられない。

「鷲尾は、あたしに手切れ金を払った。過去をきれいに清算しようとした。あたしは貰ったお金をとことん無駄遣いして、全部遣いきってやった。そして、鷲尾にまとわりついてやったの。あたしは、あんたの不格好な秘密を幾らでも知っているって」

「それ、いいな。鷲尾さんを恐喝したのか」

ララは泣き笑いした。恐喝というよりも歪んだかたちでもいい、鷲尾と関係をもちたかったのだ。

「鷲尾は言いなりにお金を払ったわ。でも、さすがにいい加減つきあいきれなくなってきたのよ。お金が惜しいというよりは、まわりに示しがつかなくなってきたから。なんだ、鷲尾の奴、偉そうにしているわりに、つきまとうオカマ一匹も処理できないのか……なんて陰口を叩かれだして、それから鷲尾は実力行使にでるようになってきた」

「チェーン・ソウで店を壊すとか?」

「そう。あたしと鷲尾は周期的になにやらやらかして、罵《のの》りあって、いがみあって、喧嘩して」

「いろいろあったんだ」

「そう。なにもいまはじまったことじゃないわ。あたしは鷲尾からお金を借りていまの店をはじめたけれど、借りたお金は一銭も返していない。

鷲尾は四千万というお金が惜しいわけではない。ただ、鷲尾があたしにお金を貸して、いまだに返済してもらっていないということを知っている業界関係者が幾人もいるわけ」

「なるほど。で、ムキになってチェーン・ソウか」

ララは親指を噛み、上目遣いでタケを見つめた。

「お金を返していないということを言い触らしたのは、この、あたし」

タケは曖昧に視線をはずした。これも愛のかたちなのだろう。ララは鷲尾との関係を故意に大げさに騒ぎ立て、鷲尾はその気になればララをこの世から抹殺してしまうだけの力をもっていながら、チェーン・ソウで店を破壊する程度のことでお茶を濁している。

「鷲尾ね……いちど酔って……あの人って、お酒、強くないでしょう。で、酔っぱらって、あたしと寝たことがあるのよ。あたしが愛撫したら、あの人、その気になって……」

ララは、はぁーと切ない吐息を洩らした。手を伸ばし、タケをベッドに寝かしつけた。タケは逆らわず、横になった。

見つめあった。視線が交錯した。囁き声でララが言った。

「眼をとじて」

タケは眼をとじた。濃密な間があった。ララの手が、ブランケットのなかに伸びた。タケに触れた。タケを確かめた。タケを愛撫しはじめた。タケは逆らえなかった。硬直していた。ララの手のなかで、タケは徐々に育っていった。

「鷲尾なんて、だらしなくあたしのなかに射精したんだから。あたしに夢中になって、女よりいいと幾度も言ったんだから。

あたしは鷲尾に犯されて、しみじみ思った。鷲尾の子供が欲しい。

でも、あたしは、オカマ。あたしと鷲尾の愛は一夜だけの、酔っているあいだだけの快楽にすぎなかったの」

ララの愛撫は、巧みだった。いままで受けたことのない、微妙な、繊細な愛撫だった。タケは、必死で、いま愛撫しているのが男ではないと思いこもうとした。

「いいこと、タケ。愛なんて、どこにもないのよ。男にあるのは、野心ばかり。魅力的な男に愛があったためしがない」

タケは腰を引いた。逃げようとした。ララは逃がさなかった。タケは呻いた。痙攣した。あふれさせた。ララの手を汚した。夕暮れが忍び寄っていた。

第八章　凍えた真夏日

1

朝の十時を過ぎたばかりなのに温度計は摂氏三十度を超えた。陽の光は路面に突き刺さり、舗装のつなぎめのアスファルトを溶かして黒茶色の油脂を滲ませている。光のうちのいくらかは路面で跳ねかえり、眼球の芯に絡みついて世界をネガフィルムのように反転させる。鷲尾はうんざりした表情で眉間に縦皺を刻んだ。

「なあ、富士丸。なにもこんな日にやらなくたっていいじゃないか。世間様は日曜日だ。皆さん、お休みだよ」

「鷲尾さん。決めたことはやらなくては」

富士丸は思いつめた眼をしていた。頬からは血の気がひいて、妙に白っぽい。鷲尾はそんな富士丸を横眼で見て、苦笑する。富士丸に聴こえないように、ご大層なこった……と独白する。

靖国《やすくに》通りにでた。富士丸はタクシーを止めた。個人タクシーだった。こんな真夏日にしっかり革ジャンを着こんでいる富士丸に、運転手は怪訝そうな視線をはしらせたが、すぐに気を取りなおして、サービスのおしぼりを差しだした。

富士丸は無言で顔をぬぐった。首筋の汗を拭いた。鷲尾はおしぼりを使いながら運転手に愛想のいい声をかけた。

「運転手さん、生きかえったよ」

「こういう天気に限って、予報が見事に当たるのが恨めしいですよね」

「ほんと。じつはね、これから楽しいことをしに行くんだけど、こうもクソ暑いと気持ちが萎《な》えるね」

「楽しいことって、なんですか？」

「強姦」

「はあ？」

「ここしばらく、仕事がそれなりに忙しくてなかなか暇がとれなかったんだが、ようやく一段落してね。だから、強姦」

運転手は対応に窮して口をつぐんだ。富士丸は鷲尾を睨んだ。鷲尾は微笑をかえし、そっと富士丸の股間に手を伸ばした。

　富士丸は硬直した。鷲尾は富士丸の耳元に口を近づけて囁いた。

「魔羅《マラ》は硬く、睾丸は柔らかく、強姦は余裕が大切なんだ。まあ、富士丸のことだ。魔羅は充分硬くなるだろうが、こうもきんたまが緊張しているんじゃ、いまいちよろしくない。先輩がちょっと揉《も》みほぐしてやろう」

「——鷲尾さんは、強姦したこと、あるんですか？」

「あるよ。裕美のときのようなソフトなやつじゃない。本物の強姦だ。因果なもんだ。だが、癖になる。じつは脅して無理矢理犯すのに勝る快感はないんだ。双方合意のうえ、なんてのは男にとって、あまりおもしろいものじゃない。泣き叫ぶ女を犯す。暴行を加えながら、犯す。これに尽きるな」

「暴行……ですか」

「素直にどうぞ、なんて女がいると思うか」

「そうですね」

「眼のまわりに青痣《あおあざ》をつくって、鼻の穴からは鼻血がトロリ。腹とか腰の骨のとこなんかも内出血して深緑色だ。あちこち擦り傷だらけで、もちろん局部も出血だぜ。リンパ液って言うのかな、それが混ざるから、血は薄い。淡いピンクだ」

富士丸は鷲尾に睾丸を揉まれながら、喉を鳴らした。ぎこちない音が洩れた。鷲尾はそれに気づかない振りをしている。富士丸はかろうじて言った。うわずった声だった。

「鷲尾さん……あんまり血を見るようなのは、ちょっと、あの、趣味じゃないっていうか、その、できるならば穏便《おんびん》に……」

「なに言ってんだ？　おまえは。穏便な強姦なんて、あったためしがないぜ」

富士丸はうつむいた。運転手はハンドルを握る掌にびっしょり汗をかいていた。洩れ聴こえるふたりの会話は尋常ではない。

「お客さん、あの……大久保通りにでましたけど」

「おう。ありがとう。ここでいい。停めろ」

鷲尾は一万円札を差しだした。運転手は焦って釣り銭を数えた。釣りはいらないと鷲尾が言った。それでも運転手は愛想笑いをうかべて釣りを渡そうとした。富士丸が運転手を見据えた。凄んだ。

「ヤクザが釣りなんか受けとれるかよ」

2

富士丸は猫の探偵事務所が入っている雑居ビルを見あげた。瞳には臆したいろがあった。鷲尾は無言で富士丸の背を押した。

フロアに入った。エレベーターを捜した。エレベーターはなかった。鷲尾はがっくり首を折り、溜息をついた。

「四階だぞ。四階。この熱気のなかを四階まで階段であがるんだぞ」

だが、階段はひんやり涼しかった。鷲尾はのんびりのぼりながら、憎まれ口を叩いた。

「このビルは半乾きのままなんだ。だからエアコン要らずだ。お猫様のお住まいにふさわしい。じつにいい味をだしている」

富士丸はそっと鷲尾を窺った。ビルのひどさなら、鷲尾の雑居ビルだって五十歩百歩だ。いつもの鷲尾らしくない。妙にはしゃいでいる。鷲尾は富士丸の視線に気づいた。抑えた声で呟いた。

「俺は、眠り猫が好きなんだ」

富士丸は足を止めた。鷲尾は頷いた。

「ずっと猫のようになりたいと思っていた。あこがれていた」

意外な告白だった。富士丸は次の言葉を待った。鷲尾は遠い眼差しをして、続けた。

「若いころは、ライバル意識をもっていた。でも、すぐに気づいた。猫は俺なんかとは器がちがう」

「最低の人間じゃないですか。中年の、毛が抜けはじめた薄汚い野良猫ですよ。息子や女を泣かせてばかりいる。あんな親なら、いないほうがましです。俺なんか、両親を知らないことを感謝してますよ。タケみたいな目に遭《あ》うなんて、ぞっとします」

「まったくな。だが、不思議なことに、誰も愛想を尽かさない。猫にはなにも取り柄がない。見事になにもない。だが、宇宙規模の愛嬌がある」

鷲尾は宇宙規模の愛嬌、と繰り返し、自分の言葉に照れ、富士丸の頭を小突いた。

「おまえは、猫の彼女に惚れてるんだろう?」

とたんに富士丸の頬に血が昇った。冗談じゃないですよ……口の中で言った。鷲尾は富士丸をそっと引き寄せた。

「俺は、おまえが本気で惚れた女に手を出そうとは思わない。俺は乗っからないことにする」

「鷲尾さん。俺たちはなんでも分けあうって」

「もちろんだ。なんでも分けあう。しかし、それは、おまえが心底から欲しいものを、たいして欲しくもないのに戴くってことじゃない」

★

以前はじつに汚かった。いまは冴子が掃除するので、他の階のフロアに較べるとずいぶんきれいだ。

鷲尾は中指の先で〈仁賀探偵事務所〉と刻まれたアクリル板の文字をなぞった。富士丸は緊張しきっている。鷲尾はまかせておけと頷いて、ドアホンを押した。間延びした大声をだした。

「仁賀さん。宅配便です。印鑑おねがいします」

ドアの向こうで人の気配がした。すぐにスチールドアが開いた。ご苦労様です……

右手に印鑑をつまんで冴子が笑顔で言った。

無防備だった。冴子は、鷲尾の足が室内に差しこまれて、はじめて異常に気づいた。

鷲尾は親指を立て、背後を示した。

「お届け物は、この男です」

言いながら、玄関に押し入った。富士丸が従った。室内に軀を滑りこませると、即座にロックした。冴子がかけていなかったドアチェーンまでかけた。

「あなた達は……！」

鷲尾は一歩踏み込んだ。膝頭《ひざがしら》が冴子のスカートのなかに入りこんでいた。

「騒がなければ、生きて猫に会える」

冴子は気丈だった。鷲尾の頰が小気味いい音で鳴った。

「女に顔を張られたのは、はじめてだよ」

スカートのなかに突っ込んだ膝頭を持ちあげる。冴子は息を吞んだ。鷲尾の膝頭は冴子の核心に触れていた。

身を翻《ひるがえ》した。小走りに逃げた。逃げた先は、寝室だった。行き止まりだった。鷲尾は肩をすくめた。冴子は鷲尾と、背後の富士丸を交互に見較べた。

「あなた方ね。タケのオートバイに細工したのは」

「知りませんよ、そんなこと」

小馬鹿にした口調で鷲尾が答えた。冴子は挑むように言った。

「こんどは、わたしだ？」

「あなたはなにか勘違いしてるよ。うちの若い者が、あなたに一目惚れしたんだ。そこで、親代わりの俺としては、あなたにこいつの愛を届けてあげようと思い立ったわけだ」

血の気を喪いながらも、冴子は薄笑いをうかべた。軽蔑の表情だった。鷲尾は舌打ちした。首を左右に振った。

「いい女だが、可愛さがない」

拳を固めた。鼻を狙った。生意気に尖った鼻を完全に潰してやる。

腕にしがみついたのは、富士丸だった。鷲尾と富士丸の視線が交錯した。鷲尾はふっと吐息をついた。

「わかった。傷つけない。しかし、しばらくおとなしくしていただかないと」

鷲尾の言葉に、富士丸は曖昧に視線をはずした。鷲尾は手を伸ばした。冴子は飛び退いた。冴子の背が壁にぶつかった。鷲尾の手が首に絡んだ。首の左右を圧迫された。喉を絞められているわけではない。呼吸はできる。だが、すうっと、意識が遠のいていった。

富士丸は灰色のカーペットの上に崩れ落ちるように倒れた冴子を呆然と見守った。

鷲尾は微笑をうかべて、得意そうに言った。

「なかなかの技術だろう。頸動脈と椎骨《ついこつ》動脈を絞めたんだ。脳に血が行かなくなって、ふんわり気絶なされた。やりすぎると植物人間になっちまう」

★

冴子はかろうじて意識を取り戻した。まだ、頭はぼんやり痺《しび》れている。なんの苦痛もないまま意識を喪っていた。なんとも不思議な気分だ。

ようやく、軀にかかっている重みに気づいた。息苦しさの原因はこの重みと圧迫だ。

まだ眼の焦点が定まらない。先に男の汗の匂いを嗅いだ。微かな腋臭《わきが》の匂い。若い男の香りだ。

犯されている！

冴子は瞳を見開いた。叫んだ。声はでなかった。口に下着を押し込まれていた。手足はベッドに大の字に縛りつけられていた。そして、大きく拡げられた足の中心に、痩せた長髪の、タケによく似た雰囲気の男がのしかかっていた。

まだ、前後の脈絡がはっきりしなかった。こうなる前に、いったいなにがあったのか。記憶があやふやだ。なんだか悪い夢を見ているような気分だ。自分を犯している男が誰であるかはっきりしない。だが、知らない男ではない。

冴子は富士丸を見つめた。焦点がうまく合わず、富士丸の顔は二重三重にぼやけた。

富士丸は冴子の視線を避けた。富士丸の瞳は充血していた。長髪は汗で濡れ、額や頬に貼りついていた。

「すみません」

上目遣いで富士丸があやまった。ほんとうにすまなそうな口調だった。冴子は顎をしゃくって、猿轡《さるぐつわ》をはずせと合図した。富士丸はしばらく小首をかしげて冴子を凝視していたが、口に押し込んだ下着に手を伸ばした。

これ？　と眼で問う。冴子は頷く。富士丸はしばらくためらい、思いきって、下着をはずした。

泣き叫ぶこともできた。冴子はそうしなかった。騒いでも状況は変わらない。強い憎しみがあった。怒りがあった。それを胸の奥に抑えこんだ。深呼吸した。深い溜息のように聴こえた。

「ひどいことをするのね」

冴子が言うと、富士丸は顔をそむけた。冴子は富士丸を観察する。犯されてはいるが、富士丸は男の動作を行っていない。冴子のなかに埋没して、じっとしている。

「もうひとりは？」

「――セッティングだけして、帰りました」

「帰った？」

「はい」

「親切な人ね」

富士丸はなにか答えようとしたが、言葉は発せられず、眉間に切ない皺がよった。小刻みに痙攣した。

冴子はハッとした。内部の富士丸がひとまわり大きく硬く変化し、炸裂していた。炸裂は冴子の内部を満たし、溢れた。

富士丸は冴子の上に突っ伏して、かろうじて呼吸を整えた。

「こんなの、はじめてです」

「——わたしだって、強姦されるのははじめてよ」

「そんなんじゃなくて……冴子さんは特別なんです」

「なにが？」

「軀です」

冴子はあきれた。敬語を使う強姦者を見あげた。富士丸は冴子の顔色を窺った。切迫した表情で訊いた。

「胸を、胸を吸っていいですか」

冴子の瞳に怒りが宿った。手足を縛りつけておいて、いちいちお伺いをたてる。正気ではない。

富士丸は、硬直した冴子の瞳から顔をそらし、冴子の乳房にむしゃぶりついた。乳房に爪を立て、捩り、乳首を嚙み、きつく吸う。

やがて、気持ちが落ち着いてきたのか、乳房に頬を押しあてたまま、動かなくなった。冴子は虚ろな瞳で天井を見つめていた。

富士丸は、和らいだ微笑をうかべた。完全に自分自身に入りこんでいた。乳児のように冴子の乳首を吸った。吸いながら、腰を小刻みに動かしはじめた。

甘える幼児だった。富士丸は退行をおこしていた。欠落していた母の乳首を手にいれた。知らなかった母の温もりを、冴子の肌で代償した。

至福がここにあった。富士丸は甘える乳児であり、硬直した充血器官をもつ男であった。庇護《ひご》されるやすらぎと、犯す快感を同時に手に入れた。

富士丸はすぐに、二度めの終局を迎えた。しかし、連続して動作を続けた。富士丸は、飽くことをしらない。生まれてからいままで、満たされなかったすべてを穴埋めするかのように、冴子を犯す。

冴子は必死に耐えていた。耐えていたが、胸が潰れるような痛みをともなって悲しさが心の奥底から這い昇る。泣きそうな声で、訊いた。

「なぜ、こんなことを……なぜ、猫とタケを殺そうとしたり、わたしにこんなことをするの?」

「裏切ったからだ」

「裏切った……」

「そうだ。裏切った」

「タケは、自分にあわない世界だからと、ちゃんと断りを入れて帰ってきたんでしょう?」

「せっかく弟分にしてやったのに……いいかげんに乳離れしろってんだ。そんなに父ちゃんが好きか……?」

「あなたの言ってることは、そしておこないは、あまりにも身勝手すぎない?」

富士丸は動きを止めた。口からはずしてやった下着に手を伸ばした。親指で冴子の喉を圧迫した。苦痛に冴子は口をひらいた。

ふたたび冴子の口に押し込んだ。純白の、シルクのちっぽけな布きれ。冴子がいままで身に着けていた物。ちっぽけではあるが。冴子のちいさな口にはちょうどいい。

冴子は言葉を失った。ついにこらえきれなくなった。眉間に悲しい皺が刻まれた。

涙があふれた。下着を押し込まれた口から、くぐもった切ない吐息が洩れた。

涙が流れおちた。けさ、替えたばかりのベッドシーツに染みた。冴子の涙は、富士丸のサディズムを刺激した。富士丸は歪んだ笑顔で嗤《わら》った。

「鬱陶しいよ、泣き真似なんかしやがって」

平手で頬を叩く。軽くいたぶるように右、左。徐々に力がこもる。冴子の頬が赤く染まっていく。顔が左右に揺れ、涙が飛び散る。

美しい女だが、なんともみすぼらしい風情《ふぜい》だ。富士丸は、美を壊すことができる。美を支配することができる。美はしょっぱい涙を流し、切れた唇から生臭い血を流す。美の頬は、ひとまわり腫《は》れあがり、美は変形しつつある。

富士丸は憑かれていた。力に酔っていた。瞳を見開いていた。瞬きしない。平手を握りしめていた。きつい拳をつくった。振りおろした。冴子の頭がベッドにめりこんだ。糊のきいたシーツが乾いた音をたてた。冴子の頭はしばらくバウンドした。

右眼のまわりが、即座に青黒く変色した。腫れあがった。富士丸の表情は歓喜でいっぱいだ。自分の拳を見つめた。力は、ここにある。幾度も頷いた。ふたたび、おなじ右眼を殴りつけた。

冴子は痙攣した。富士丸は腫れあがった冴子の右瞼をめくった。白眼の部分が出血していた。白眼は真っ赤に染まっていた。

富士丸はそれを確認して、狂ったように動きはじめた。欲しい物を完全に手に入れた。生まれてからずっと、欲しい物を与えられたことがなかった。欲しい物は、いつだって富士丸の前を素通りした。

思春期の直前だ。拳で手に入れるというやりかたを覚えた。欲しい物は、力でモノにしなければ、永遠に手に入らないのだ。欲しければ、力ずく。冴子を犯しながら、富士丸は確認した。俺には暴力以外に生きる道はない。冴子は人であることを剝奪された。富士丸の充血器官は、冴子の軀を犯し、そして心を犯す。凍えていた。真夏日なのに、ふるえていた。泣いていた。

3

冴子が強姦されているとき、猫は看護婦の尻を触っていた。言うなれば肉体に手を出しているわけだが、ここには冴子の身にふりかかったような陰惨さはない。

「もう、仕事にならないじゃないですか！」

若い看護婦は邪険に猫の手を払った。しかし、猫のかたわらを離れようとはしない。

猫は屋上にあがる階段の踊り場に座りこんでいる。コーラの空き缶を灰皿がわりにして、うまそうにハイライトを吸う。看護婦は洗浄し、消毒して屋上で乾かしていた包帯を山のように抱えていた。

「仁賀さん。いいですか。規則で、この場所では禁煙です。喫煙所へ行ってください」

「見逃してくれよ。ここは暗くて、ひんやりして、誰もいない。気分がいいんだ」

「暗いところが好きだなんて、ほんとうに猫ですね」

看護婦は包帯の入った頑丈な綿の袋を床に置いた。腰に両手をあて、軽く反りかえって、階段に座りこんでいる猫を見おろす。

猫は短くなったハイライトの先を見つめた。右足を覆ったギプスにハイライトを押しつけた。暗がりに、オレンジ色の火花が散った。看護婦は顔をしかめた。

「あまりそういうことをしないように。わたしだから許されるんですよ。他の人に見つかったら」

「そうだな。そんなことより、屋上は、どうだった?」

「最悪。なにが冷夏かって感じ。コンクリの照り返しがすごいから、四十度以上ありそうだった」

看護婦は、手の甲で額の汗を拭った。いきなり、言った。

「お風呂のとき、前島さんに介護してもらったんでしょう？」

「ああ。あの子は、なにかというと、俺が汗臭いと文句をつける」

「前島さんは、仁賀さんが好きなんです」

猫は肩をすくめた。看護婦は、猫を凝視した。

「仁賀さん、お風呂のとき、前島さんになにもしなかったでしょうね」

「なにもしない。してもらったんだ」

「してもらった？」

「たまっているものを、だしてもらった。じょうずだったよ。一生懸命こすってくれた」

「ばか！」

猫の冗談は、彼女には通じなかった。看護婦は包帯の袋に手をかけた。息んで、持ちあげた。背を向けた。猫は耳を澄ます。看護婦のスリッパが階段を叩くように降りていく。新しいハイライトに火をつける。

★

「オヤジのとこへ行けば？」

タケはつめたい口調で言う。ララは眉を逆ハの字形につりあげる。

「あんたが買ってきてくれって言うから、買ってきたんじゃない！」

「なにを？」

ララは無言で、タケの前に菜箸《さいばし》を投げだした。タケは菜箸を摑んで、満面に笑みをうかべた。

「これがいちばん？」

「そう。それが店でいちばん長いやつよ」

ララは首をかしげ、怪訝そうに訊く。

「そんなもの、いったいなにに使うのよ？」

「孫の手だよ」

タケは上半身を覆ったギプスの首から菜箸を突っ込んだ。ララは呆気にとられて見つめた。タケは箸を小刻みに動かした。カサカサ乾いた音がした。

「筋肉をぜんぜん使わないから、ギプスで覆われたとこがすっかり痩せちゃったよ。隙間だらけになっちゃった」

ララは外人のような仕草で両手を拡げた。勝手にしろといった表情だ。

「うーん、かゆいところに手が届く。極楽、極楽」

タケは肩を揉まれる老人のように眼を細めて、菜箸を使う。ギプスで覆われて、十日たった。週に三度ほど下半身はシャワーを浴びるが、上半身は洗うわけにいかない。上半身の皮膚は老廃物で覆われてかさついていた。ある夜、ふと意識した。かゆい！

だが、上半身は分厚い石膏に覆われている。掻くわけにはいかない。タケはベッドの上で呻吟した。かろうじて自由な右手の指先を挿しいれた。ギプスの縁から五センチほどの範囲はどうにか掻けたが、肝心のいちばんかゆい部分にはとうてい届かない。挿しいれた指を抜いた。指先にはブルーと白の綿がまとわりついていた。

肌と石膏のあいだに巻かれてショックアブソーバーの役割を果たす綿である。表裏がそれぞれ鮮やかなブルーと白の綿であるが、指先にまとわりついた綿には、鈍くくすんだ垢《あか》がこびりついていた。

タケは手許《てもと》のライトをつけて、垢色に染まった綿を凝視した。情けなかった。そして、かゆかった。耐えきれなくなって、ふたたびベッドの上でのたうちまわった。

「でも、これさえあれば、みーんな解決」

タケは菜箸で背中を掻きながら、恍惚としている。目尻はさがり、半開きの口からは涎《よだれ》をたらさんばかりだ。ララは痴呆状態のタケに背を向け、バカ……と呟き、個室から出ていった。

★

菜箸で軀を掻くのにも飽きた。タケは手術した鎖骨の傷を菜箸で掻きむしりたい衝動を覚えた。

もう傷口はふさがっているだろう。もう傷口にはバラ色をした肉が盛りあがっているだろう。傷口を覆っている包帯は、なんとスプレー糊で接着されているのだが、その下の皮膚は絶対に刺激を求めている。

タケはかろうじて耐えた。イライラがつのった。首を左右に激しく動かして、獣のように唸った。

「仁賀くん、だいじょうぶ？」

タケは我に返った。中年の看護婦だった。彼女の手で肛門に座薬を挿入されて以来、タケは気を許し、甘え、依存さえしている。

「桜井さん、俺、もうダメ。退屈で死にそう」

「とっくに外出していると思った」

「外出？」

「聞いてないの？　おかしいなあ」

看護婦は、小首をかしげた。タケは外出という言葉を聞いたとたんにベッドから跳ね起きていた。

「俺、外出していいの！」

看護婦はそれに答えず、腕組みして考えこんだ。昨日、若い看護婦に外出許可を告げるように命じておいたのだが、どうやら彼女は義務を果たさなかったようだ。

たぶん彼女は嫉妬しているのだ。タケが自分に懐《なつ》いていて、彼女に眼もくれないことを恨んでいる。彼女はタケがマザコンであると陰口をたたいているらしい。

「今日から点滴はなし。もう、点滴しなくていいの。それに経過も良好。つまり、病室に拘束しておく理由がないってこと」

「じゃあ、退院していいの？」

看護婦は勢い込んで訊くタケにどこか寂しげな微笑をかえした。

「それは先生と相談して」

「先生は、今日は休みでしょう？」

看護婦は頷いた。タケの寝間着に手をかけた。

「明日、先生に相談しなさい」

タケは勢いよく寝間着を脱ぎ棄てた。パンツ一枚になった。ララが用意したブリーフだった。タケはトランクスが趣味だが、せっかくララが買ってきてくれたので、穿いている。

看護婦はパンツ一枚のタケからあわてて顔をそむけた。職業柄、男の下着など平気なはずなのだが、幽《かす》かに頬が上気するのを抑えられなかった。

タケは看護婦の表情に気づいて、あわててジーンズを手にとった。左手がうまく使えないせいで穿くのに手間取った。

看護婦は醒めた顔をつくってタケにジーンズを着せてやった。ジッパーを引き上げてやると、こんどはタケの頬がすこし赤くなった。

「上はなににする？」

「ふわっとしたもの以外、着られないよね」

タケは拳をつくって上半身を覆っているギプスをコツコツ叩いた。

「このアロハはどう？」

「ちょっと派手じゃないかな」

「自分で買ったんでしょう」

「俺、こんなの、趣味じゃないよ」

「趣味じゃないもの、買うわけ？」

いきなりタケは首まで赤くなった。看護婦は直感した。このアロハは女の子からのプレゼントだ。それにしても、なにも顔を真っ赤にすることはないだろうに……そんな思いを隠して、冗談めかして言った。

「このアロハ以外、ないじゃない。彼女、よろこぶわよ。久しぶりに彼女に会うんでしょ。下着はきれい？」

言うだけ言って、看護婦はやさしい微笑をうかべ、背を向けた。

看護婦が出ていった病室で、タケは深くて長くて切ない溜息をついた。座薬を入れられたときに優しくしてもらって以来、タケはこの中年看護婦のことばかり想っていた。

4

人々が優しいのだ。皆、親切だ。十日ぶりの街は、タケをやさしく迎えた。意外だった。怪我人など、相手にされないと思っていた。人々は、ギプスの上にアロハシャツを羽織ったタケを丁寧に扱った。

「ま、いざとなればどうにでも転がすことのできる相手には、みんな優しいものよ」

拗《す》ねた口調で独白してみたが、頬は嬉しさにゆるんでいる。見ず知らずの人のちょっとした心遣いがこれほど心地よく暖かいものだとは思わなかった。

タケは昼下がりの新宿の街をぶらついた。いちばん気温が上がるころだった。タケは首筋や額の汗をアロハの裾で拭いながら、あてもなく歩く。

喉が渇くと、喫茶店やハンバーガーショップに入る。冷たい飲み物を飲み干すと、即座に外にでる。漫然と歩くのが楽しかった。運動不足のせいで、歩行は雲の上を歩いているような感じだった。

すぐに、ふくらはぎの筋肉が痛みだした。それは、好ましい痛みだった。タケは筋肉の痛み具合と相談しながら、ゲームセンターをのぞき、本屋で立ち読みをした。

西日が射すころには、さすがに疲労を覚えた。公衆電話の前に立った。右手だけで手帳の住所録をめくった。

★

「懲りないねえ、単車に乗りたいなんて」

絵里子はあきれ顔で言った。彼女はタケより七つ年上で、いまタケが着ているアロハは、大柄な彼女が二、三度袖を通したものだった。

タケは絵里子のGSX‐Rのガソリンタンクを掌で丹念に撫でた。炎天下、ガソリンタンクだけは気化熱でひんやり冷たい。

彼女のオートバイは、一一〇〇cc。車重は二三〇キロほどで、最高出力は一五五馬力もある。加速重視の減速比なので、最高速は二八〇キロ程度だが、ゼロヨン加速は九秒台というモンスターだ。

「まさか運転させろとは言わないでしょうね」

彼女が言うと、タケはすがるように見つめた。絵里子は顔の前で手を左右に振った。

「ダメ、ダメ、冗談じゃない。上半身をそんな鎧《よろい》で固められているのに、この子はなにを考えているんだか」

タケは舌打ちした。無念そうにうつむいた。

「――せめて、ケツに乗せてよ」

絵里子は苦笑して、オートバイにまたがった。顎をしゃくる。タケはギプスで覆われているせいで左手が満足に使えない。よっこらせ、と、かけ声をかけながら、ぎこちなくリアシートをまたいだ。

「タケって、そんな鈍い子だったっけ？」

「うん。運動はご幼少のみぎりから、得意じゃなかった」

絵里子はゆっくり首をねじ曲げた。醒めた眼だった。

「あなたね、運動神経とかに自信あるから、事故、起こすんだよ」

「そうかな？」

「そうだよ」

絵里子はセルをまわした。ナナハンとかはあきらかにちがう底力のある排気音が響いた。扁平率五五の極端に太いミシュランラジアルが路面を蹴った。

「どこにいきたい？」

「遠く」

「ダメよ。あなたは怪我人で、入院中じゃないか」

「——絵里子さんて、運転、おとなしいね」

「タケとはちがうわよ。常識人だから。オートバイなんかで怪我したくはないわ」

「俺だって――」

怪我したくない、という言葉を呑み込んだ。口をつぐんで、タケは絵里子の腰にまわした腕に力をこめた。絵里子の背が揺れた。笑いながら、彼女は言った。

「こんなのはじめて。ギプスって、硬いのねえ。あんまりくっつかないで。背中が痛いわ」

最後のほうは笑い声でなく、醒めた口調だった。タケは彼女の軀と距離をとった。GSX-Rは甲州街道を周囲のペースにあわせて淡々と走っている。タケは、しばらくためらったあげく、ちいさな声で頼んだ。

「もっとスピード、だしてくれないかな」

絵里子は冷たく答えた。

「だめ」

言葉と裏腹に、アクセルをあけた。黄色に変わった交差点を突っ切った。

★

絵里子は結婚している。オートバイは、夫の影響で乗るようになったという。タケはいつも顔をだすバイクショップで彼女と知りあった。

彼女の夫はデザイナーらしい。バイクブームのときにオートバイに乗りはじめ、ブームが去ると同時にオートバイを降りたという。

「絵里子さんからもらったアロハだぜ」

信号待ちで、タケは迎合の口調で言った。冷たい声がかえってきた。

「なにも、ギプス隠しにあげたわけじゃないよ」

タケは口をつぐんだ。このところ、年上の女が気になってしかたがない。看護婦の桜井さん。そして、絵里子。

彼女たちのことを思うと、胸が疼く。甘酸っぱい気分になる。年上の女。愛などという言葉を使う気にはなれない。タケはそれなりに自分を分析していた。タケは年上の女に依存したいのだ。

しかし、年上の彼女たちは、案外さばさばしている。寝ることなんて簡単だろうが、たぶんタケのほうが遊ばれて終わりだろう。

年上の女に対しては、複雑な思いがある。たとえば、猫の愛人、冴子。タケにとっては究極の年上の女だ。タケは冴子に対する気持ちをかろうじて抑えているのだ。タケは冴子に対する気持ちをそらすのに必死だ。

そんな年上の女に対する想いの底に、母がある。タケが物心つく前に、母は死んだ。

タケは母の顔を覚えていなかった。タケはなんとか埋め合わせしようと、あがいている。

「悪いけど、もう解放してもらえないかな」

絵里子の声に、タケは我に返った。

「解放?」

「いま、ごたごたしてるのよ、いろいろあってさ、わたし、バツイチになるかもしれない」

「バツイチ……」

「そう。身軽になったら、ゆっくり遊んであげるから」

★

絵里子に猫の事務所のある新大久保まで送ってもらった。彼女は身の上話を一切しようとしなかった。

GSX-Rは彼女の両足のあいだでゴロゴロと甘える猫のような声でアイドリングしている。リアシートから降りたタケは、絵里子をうっとり見つめた。

なんて格好いいんだろう。なんて絵になるのだろう。タケには年上の女に対する過剰な賛美がある。絵里子はタケの視線を意識して、ちょっと含羞《はにか》んだ。

「なにを見てるのよ」

「べつに……」

絵里子はガソリンタンクの上に上体を倒した。含羞んだ表情のまま、細く、長く、溜息をついた。

「離婚だけはしたくなかったのよ……でも、もう堪忍袋の緒が切れた」

絵里子は上体を勢いよく起こした。ふたたび溜息をついた。

「わたしなんて、あとは枯れていくだけ。枯れていくだけよ」

タケは走り去る彼女を見送った。枯れていくだけ、という呟きを頭のなかで反芻した。切なく、哀しい気持ちになった。しかし、それらには実体がなく、感傷にすぎないような気もした。

西日に顔をしかめながら、雑居ビルを見あげた。このなかに猫の事務所がある。なんだか知らない人の家を尋ねるような違和感があった。

ドアを開ければ、冴子が笑顔で迎えてくれるだろう。冴子の料理は抜群だ。病院の紋切り型の食事には飽きはてた。ドアホンを押した。ノックした。反応がない。

タケは小首をかしげてドアノブに手をかけた。鍵はかかっていなかった。胸騒ぎがした。駆けこんだ。寝室から人の気配がした。タケは身構えた。

全裸の冴子が手足を縛りつけられて拡げられ、すべてをさらしていた。シーツには染みが残されていた。あきらかに射精のあとだ。

タケは立ち尽くし、穢《けが》された冴子を呆然と見つめた。冴子は露《あらわ》にされていた。あれこれ空想して、自慰行為で穢してきた冴子の実体が、眼前にさらされていた。発情していた。タケは自由を奪われた冴子の裸体に発情した。心の奥底で秘かに夢想していた裸体が現実にさらされていた。無防備に拡げられていた。

我に返った。烈しい自己嫌悪にふるえた。冴子の軀を見ないようにして、手足を縛っている黄色いビニール紐《ひも》をほどいた。荷造りなどに使うアストロンという商品名の、相当強度がある紐だ。

冴子は、下唇を噛みしめて、トイレに駆けこんだ。タケは冴子の幽かな放尿の音を聴いた。ずっと我慢していたのだ。

タケはそれにさえも、性的衝動を感じた。冴子の放尿。眩暈がしそうだった。タケは絶望した。冴子の性器と、腫れあがった顔が、交互に脳裏にあらわれた。

冴子はトイレからでてこようとしない。悔しげな啜り泣きがタケの肌に刺さる。タケはじっと待った。無言で待った。冴子は泣きつづけている。

第九章　嵐

1

周囲が薄暗くなっていることに気づいた。タケは下腹に力をこめた。ベッド脇に落ちているブランケットを拾い、トイレのドアをノックした。

冴子はまだしゃくりあげている。タケは小声で名を呼んだ。しばらく間があって、トイレのドアがちいさく開いた。タケはブランケットを差し入れた。

冴子はブランケットを軀に巻きつけて、うつむいてトイレからでてきた。タケは顔をそむけかけたが、ふたたび下腹に力をこめて冴子を見つめた。冴子の口がちいさく動いた。

「ごめんね」

冴子はうつむいたまま、あやまった。

「ごめんね……ごめんね、タケ」

タケの眼がつりあがっていく。冴子はいったいなにをあやまっているのか。冴子はなにか悪いことをしたのか。あやまらなければならないようなことをしたのか。

冴子はタケの表情に気づいた。タケはひどく危険な匂いがした。冴子は自分の身にふりかかった災難も忘れて、迫った。

「だめよ、たいしたこと、ないんだから。もう終わったし、わたしは立ち直りが早いんだから」

タケは苦笑した。おだやかな表情にもどっていた。冴子の顔に手を伸ばす。腫れあがった右眼の周囲にそっと触れる。

おなじところを幾度も殴ったのだろう。ひどく腫れあがって、でこぼこに盛りあがっている。顔の右半分は、黒っぽい紫色に変わり果てていた。

右瞳《め》は、白眼の部分が出血して、ウサギの眼のようだ。タケは溜息を呑みこんだ。

中学三年のときだ。路上で高校生と喧嘩したことがある。相手は四人いた。一対四。無謀だった。タケは気絶させられた。

我に返って、公衆便所に駆けこみ、鏡を覗きこんで呆然とした。顔は大げさでなく倍に膨れあがり、青黒く変色して、でこぼこのカボチャ状態だった。

泣きそうな思いでダメージを探っていった。服で隠れてしまう胸や腹の青痣は気にならなかったが、人前にさらさなければならない顔のダメージは、自意識過剰気味のタケにとって、絶望的だった。

しかし、眼球からの出血に気づいたときは、自意識も吹っ飛んで、不安から喉仏が幾度も鳴った。白眼を真っ赤に染めた血。

このまま見えなくなってしまうのではないか……まるで少女のように爪を嚙み、清掃が終わったばかりの濡れたタイルの上をうろうろ歩きまわった。

だが医者に行くのは、ためらわれた。喧嘩で負けて医者に行くなど、タケにとっては絶望的な屈辱だ。あれこれ悩んだ末、猫に出血した眼を見せた。

どんなもんだ、俺なんかここまでやっちまうもんね……不安を隠して、まるで瞳の出血を誇るかのような演技をして、猫に眼球を見せた。猫が父親ぶりを発揮して、医者に行けと強制することを期待していたのだ。

たいしたもんだ……猫は、投げ遣りな口調でそう言った。それだけだった。タケは自分の気持ちをわかってくれない父を呪った。

ふりだけでもいい。驚いたふりをして、心配したふりをして、強引に医者に連れていって欲しかった。しかし、猫はタケの眼球出血をまったく気にしなかった。こうなると、タケも意地になった。

万が一失明したら、したまでだ。不安を隠して一週間しないうちに、白眼から血の色が消えた。殴られた痣はひと月近くタケにたまらない恥ずかしさを与えつづけたが、眼球出血は意外にあっさりおさまった。

忘れたころに猫が言った。デリケートなものなんだ。殴られるのはおろか、気圧の変化で出血する場合だってある……。タケは猫が眼球のことを言っているということに、しばらく気づかなかった。

タケは冴子のウサギの眼からそっと視線をはずした。常識的な少年ならば、冴子を医者に連れていくなり、医者を呼ぶなりの処置をしただろう。しかしタケの頭に医者という文字はなかった。

「ほかに怪我はない？」

冴子は涙のたまった瞳を気丈に見ひらいて、首を左右に振った。タケは頷き、冷蔵庫の冷凍室を開いた。氷をタオルにくるんで、氷嚢をつくる。口ごもりながら言った。

「あの、いやかもしれないけど、ベッドに横になって……これで、これで腫れたところを冷やすから」

ベッドを直視するのはつらい。シーツには大量の射精の跡が生々しく残っている。

タケは大股でベッドに近づき、空色のベッドシーツを剝ぎとった。冴子はブランケットで裸体を覆ったまま、ベッドに仰向けに寝た。タケはかたわらに座り、タオルでつくった氷嚢を冴子の顔にそっとあてる。タオルのなかの氷がどんどん溶けていく。腫れあがった冴子の顔は相当熱をもっている。溶けた氷が冴子の顔を伝い、ベッドを濡らしていく。タケは、抑えた声で訊いた。

「鷲尾と富士丸?」

冴子はしばらくしてから、頷いた。警察などの第三者ならともかく、それ以上タケに話す気にはなれなかった。タケはそれ以上訊こうとしなかった。

「氷を替えよう」

氷嚢をはずしてタケは立ちあがった。弾かれるように冴子が上体を起こした。切迫した声をあげた。

「軀を……軀を清めたい」

「――シャワー?」

冴子は頷いた。タケは思案した。

「顔の腫れはとにかく冷やさないとダメなんだ。顔にお湯をかけたらダメだよ」

冴子はすがるようにタケを見た。包容力があった。頼りがいがあった。十八歳には見えなかった。タケは冴子の視線を受けて、含羞んだように微笑した。

熱い湯が肌を幽かに波うたせる。富士丸が狂ったようにこすりつけたので、恥骨のあたりに鈍痛が残っている。わずかだが出血もある。屈辱。ふたたび泣きたくなった。

下唇を噛んで、どうにかこらえる。タケの言いつけを守って、顔に湯をあてないよう気をくばる。

バスルームのドアがノックされた。曇りガラスにタケの影が映った。

「なに？」

「これ」

ほんのわずかドアが開き、タケの手が差し入れられた。氷嚢だった。

「改良型だよ」

氷を包んだタオルを、さらにビニール袋に入れたものだった。

「軀を洗いながら、ときどき冷やしてね」

冴子はバスルームで立ち尽くした。怪訝そうなタケの気配が伝わった。タケは氷嚢を軽く上下に振った。冴子は手を伸ばした。氷嚢ではなく、タケの手を摑んだ。

「タケ……」

「――なに？」

「――――」

冴子は絶句した。富士丸に穢された部分をタケの指先で清めて欲しかった。やさしく、洗って欲しかった。きつく、抱きしめて欲しかった。

タケの手から氷嚢が落ちた。タケの指と冴子の指先が、複雑に絡んだ。切なげに、愛しげに、絡みあい、まとわりつく。

だが、ドアはそれ以上開かれなかった。先に手を離したのは、タケのほうだった。曇りガラスに映るタケの影がしゃがみこんだ。手探りで氷嚢を拾いあげた。

「ちゃんと冷やさないとダメだよ」

冴子は氷嚢をうけとった。こんどは幽かに指先が触れただけだった。それも一瞬で、ドアが閉じられた。

冴子は氷嚢を顔にあてた。気持ちは伝わったはずだ。慰めて欲しかったのだ。しかし、タケは自制した。タケは、関係というものの節度をわきまえていた。

しかし、すこしだけタケのことを恨めしく思う気持ちが湧きあがったのも事実だ。

冴子は右手で氷嚢をもち、左手で熱い湯を軀に浴びせかける。

★

バスタオルを巻いて、バスルームからでた。タケの気配がない。一瞬、鳥肌がたった。冴子は狼狽しながら、寝室に向かった。サイドテーブルの上に置き手紙があった。

冴子姉さん

ちょっと行ってきます。すぐ帰ってきます。いちおう外から鍵はかけましたが、もういちど確認してください。ドアチェーンも忘れずに。オヤジには俺から連絡しておきます。なお、警察には連絡しないでください。たいしたことじゃないから。

くれぐれも警察だけはやめてください。

威男

置き手紙から顔をあげて、冴子は苦笑した。嵐が過ぎ去って、苦笑とはいえ、はじめて笑った。

警察。きれいに失念していた。タケの置き手紙を見て、はじめて警察に思い至った。アナーキーな猫とタケに囲まれて生活して、すっかり毒されていたようだ。

タケが警察云々《うんぬん》を強調したのは、自らがケリをつけようとするのを邪魔されたくないからだ。冴子は苦笑しながら、溜息をついた。

上半身をギプスで固められて、片腕の自由がまったくきかない状態で、タケはあの恐ろしいふたりに対してなにをしようというのか。

冴子は額に手をやって、思案した。幾度も溜息をつき、首を左右に振った。置き手紙の、オヤジには俺から連絡しておきます……というのも絶対に嘘だ。

タケはひとりでなんでも成し遂げようとする性格だ。哀しいくらいに自立心が強い少年だ。苦しければ苦しいほど、他人に頼ることを潔《いさぎよ》しとしない性格だ。

もういちど置き手紙に眼をとおした。きれいな字だ。どちらかといえば女性的でさえある。

タケはふだん、字がきれいなことを恥じている。わざと汚い判読不能な字を書いて教師から顰蹙《ひんしゅく》をかって、よろこんでいるようなところがある。汚くて粗暴な文字は、タケ独特のダンディズムだった。

しかしこの置き手紙は、タケ本来の几帳面《きちょうめん》とさえいえるきれいな文字が並んでいた。

冴子は丁寧に気を配って書かれた置き手紙を嬉しく感じた。

電話に手を伸ばした。病院に電話する。猫を呼び出してもらう。冴子の胸は高鳴る。

いま、この瞬間、冴子は強姦の屈辱も忘れている。猫の声。猫の声が聞ける。

2

猫の事務所がある雑居ビルの自転車置き場で、タケは粗大ゴミと化したCB750FZと対面していた。事故後、警察署の中庭に運ばれたのだが、馴染みのオートバイショップが引き取りを代行して、ここへ運んでおいてくれたのだ。

先ほどから十分近くも、タケはCB750FZを見つめていた。決心がつかなかったのだ。警察には連絡するな、などという置き手紙を残してきたわりに、いざ鷲尾と富士丸のコンビを相手に戦う瞬間を思いうかべると、怖くなった。怖じ気づいた。

「格好いいことをすると、あとがしんどいよな……」

独白して、苦笑する。引き攣れた苦笑だった。CB750FZを見つめる。フロントフォークに視線がいった。フロントフォークは前輪を支えている部分だ。あの事故でアルミ合金のボトムケースは削れ、亀裂がはいっていた。

タケは車載工具でフォークを固定しているトップブリッジとステアリングステムのボルトをゆるめ、亀裂のひどい左フロントフォークをはずした。

はずしたフォークのボトムケースをコンクリに叩きつけると、アルミ合金にもかかわらず、あっさり割れた。サスペンションオイルがあふれた。フォークパイプをとりだし、なかに入っているスプリングを抜いた。

フォークパイプは、中空の鉄の筒である。長さは日本刀でいう脇差しくらい、太さはやや太めの竹刀《しない》といった程度の鉄パイプだ。タケはこれを武器にすることに決めた。確実に人を殺せる武器だ。富士丸はＣＢ７５０ＦＺを殺した。ＣＢ７５０ＦＺの前足を細工して殺した。だから俺がＣＢ７５０ＦＺの前足の一部分を使って、富士丸を殺してやる。

タンクに残っているガソリンでフォークパイプを洗浄してオイルをおとした。これで手からすっぽぬけることはない。タケは自由のきく右手でフォークパイプを振った。空気が裂けたような唸りがした。

思案した。銀色に輝く鉄パイプをもって歩くのは、まるで昔のヤクザ映画の殴り込みだ。目立ちすぎる。警官に職質でも受ければ、それまでだ。

ふと、昼間、菜箸を突っ込んでギプスに覆われた部分を掻いたことを思い出した。タケの上半身は、すっかり筋肉がおちて、隙間だらけだ。

ためしに鉄パイプをギプスの背中側に挿しいれてみた。肩胛骨をすぼめるようにすると、あっさりおさまった。肩に刀を吊《つ》っている佐々木小次郎のような気分だ。頷いた。唇をきつく結ぶ。これでやれる。

★

タクシーの運転手はどこか投げ遣りな運転をする、周囲に無関心な男だった。タケは冴子の指先と絡んだ右手を凝視する。

タケは自分を偽善者だと思った。冴子を抱きたかった。指と指が絡んだときは、あとすこしで理性を失うところだった。

窓の外を流れる新宿の街に視線をやる。なぜ、人は夜の街をさまようのか。やりたいからだ、と、タケは結論する。意識していなくても、わざわざ人混みのなかにでてくるということは、人と交わりたいということに他ならない。

タケは新宿の裏路地から視線をそらし、薄く眼をとじた。瞼の裏に、ベッドに手足を縛りつけられた冴子の肢体がうかぶ。露にされた秘められた部分。未熟ではないが、乱れてもいない。タケには理想の性のように感じられた。もういちど見たい。できることなら、くちづけしたい。冴子の味。匂い。熱……。

タケの表情が泣きそうに歪む。タケは勃起させていた。硬直はジーンズのジッパーを突き破り、壊しそうだった。

タケはタクシーのなかで自慰に耽りたい衝動と闘っていた。タクシー運転手はタケの荒い呼吸を聴いたが、あいかわらず無関心にステアリングを握っている。

3

台風の前触れの、なま暖かい南風がタケのどちらかといえば腰のない癖毛を乱す。鷲尾の雑居ビルを見あげると、鎖骨の手術跡が引き攣れるように痛んだ。

毎日痛み止めや抗生物質を服用しているせいだろうか、いまいち心にも軀にも覇気がない。ベッドに縛りつけられていた冴子を見た直後の怒りは萎えていた。先ほどまで感じていた恐怖心も、もうない。

このままなにもせずに病院に帰って眠ってしまっても、どうということはないような気がする。タケは泣きたくなった。いちばん厄介な心理状態だった。激情に駆られて暴走するほうがよほど楽だ。

タケは淡々とした気分をもてあました。月は嫌なかたちに欠けている。雲は引きちぎられるように流れ去る。夜空は次々と姿を変えていく。鷲尾のビルは、黒々とした廃屋だ。

背を、叩かれた。タケは弾かれたように振り返った。猫が微笑していた。

「オヤジ……」

「冴子から電話があった」

猫を乗せてきたらしいタクシーが遠ざかっていく。タケは舌打ちした。これだから女はダメなんだ……口のなかで独白した。聴きとれず、猫が訊いた。

「なに？」

「オヤジや警察には連絡するなって書いといたんだ」

「なんでもひとりでやろうというのは、けっして褒められたことではないぞ」

「そうかもしれない。でも、おまえと暮らしてると、自立心だけは旺盛になる。教師も言ってたぜ。威男君は自立心だけは立派だって」

「ほかになんの取り柄もないではないか」

「あー、そこまで言う？　息子だよ、息子。俺は猫の息子だよ」

「そうだ。おまえは猫の息子だ」

父と子は、見つめあった。父と子は、柔らかな笑顔をうかべている。父は子の頭に手を伸ばした。

豊かなタケの頭髪を弄ぶ。自分の頭頂部にそっと触れる。やれやれ……と呟く。タケの背に手を伸ばす。ギプスに挿した鉄パイプを引き抜く。

「なんだ、これは」

「躯がこんな状態だから……武器だよ」

「はじめから負けていていてどうする」

「俺は負けているか」

「負けている。物に頼るのは、気持ちが負けているからだ。自分に自信がないと、ブランド物で身を飾る。劣等感の塊は、名刺にいろいろな肩書をいれたがる。それと一緒だ」

「説教されたくないね」

タケは皮肉たっぷりの表情で顔を歪めた。猫はあっさり応えた。

「ガラにもないことを言った」

「——たまにはあれこれ言われるのも、悪くないぜ」

猫は雑に頷き、あくびした。タケは不満だ。久しぶりに父と子らしいシーンを演じていたのだ。あくびはないだろう。

不服そうなタケを無視して、猫は歩道の隅に鉄パイプを投げ棄てた。意外なほどの金属音が響いた。タケは思わず首をすくめた。

「行くか」

猫が呟いた。先に立って廃屋と化しつつある雑居ビルに踏み込んでいく。松葉杖の扱いはだいぶうまくなったが、やはり歩行はぎこちない。

「オヤジ……大丈夫かよ」

「なんとかなるだろう。俺は足がダメで、おまえは腕が使えない。ふたりで一人前だ」

「それって意味ないよ。言葉の綾だよ。俺とオヤジが束になったたって、五体満足なひとりには勝てない」

「まあな」

「どうする?」

「どうするつもりだったんだ?」

「なにも考えていなかった」

「ならば、いまさら考えるな」

タケは猫の横に行った。

「ほお。一人前に肩を貸してくれるのか」

「右肩は平気。折れたのは左鎖骨だから」

「では、甘えるとしようか」

猫は遠慮せずに体重をかけてきた。タケは父の重みに圧倒された。だから憎まれ口を叩く。

「おまえ、病院でのうのうとしてやがるから、ずいぶん太っただろう」

「いや。七十五キロ。変わらずだ」

「その背丈で、七十五キロもあるのか？」

「まあな。脳が重いんだ」

「――重いのは魔羅だろう」

「父親に対する倅の科白とは思えんな」

タケはニヤッと笑った。このどうしようもない父が、好きだ。大好きだ。

「おまえって、けっこう恥ずかしがり屋なんだよな。父親らしいことをすると、照れてしまうんだ」

「父に向かっておまえはよせ。だいたいなにを言っているのか、わからんぞ」

タケは口をつぐんだ。じつは猫は、羞恥心のかたまりなのだ。たまに父親っぽいことをしてしまうと、もろに照れてしまう。あるいは照れる前に、先ほどのようにあくびをしてごまかしてみせたりする。

「オヤジは家庭とか、人生とか、青春みたいな科白が苦手なんだ」

「だが、愛という科白は得意だ」

タケは失笑し、下腹に力をこめなおした。まったく父は重い。とてつもなく重い。ギプスのなかはすっかり汗ばんでいる。

「愛か……オヤジの場合は、愛のあとに欲がつくんだ」

天から声が降ってきた。

「つまらねえことをほざいてるんじゃねえ、べらべらと。和《なご》んでられる場合か」

タケは焦って天を向く。最上階から身を乗り出すようにして、富士丸が見おろしていた。憎々しげに猫とタケを睨《にら》みつける。かたわらには鷲尾が徹底した無表情で控えている。

駆けあがりたかった。思い直した。猫を支えているのだ。富士丸のところまで駆け上がることはできない。下唇を嚙みしめて、一歩、一歩。また一歩。

猫はタケの顔を覗きこんだ。苦笑まじりに微笑した。顎をしゃくった。

「行け」

「俺ひとりで？」

「そうしたかったんだろう」

「まあな」

「行け」

「オヤジは？」

「見物していてやる」

「――――」

「手助けしてもらえると思っていたのか」

「いや……まあ」

「あいにくだな。俺は足が不自由だ」

俺だって腕が不自由だ！ そう声を荒らげたかった。かろうじて抑えこんだ。そっと右肩から猫をはずした。

遠慮というものを知らない猫の体重を支えて階段を上がってきたのだ。入院生活で軀が鈍《なま》っているせいもある。かなり疲労があった。

こんなことなら、やはりひとりで来るべきだった。冴子に置き手紙を残したことを後悔した。タケは猫に怨めしそうな一瞥をくれた。猫はぎこちなくウインクをかえしてきた。

「ばかやろう」

吐き棄てて、階段を駆け上がった。富士丸の前に立つ。睨みあう。タケの顔から血の気が失せていく。怒りに顔色は真っ白だ。

「こんな狭いとこではナンだ。屋上へ行け」

鷲尾が声をかけた。富士丸はハイと返事して、薄笑いをうかべてタケに背を向けた。先を行く富士丸の後頭部に、CB750FZからはずした鉄パイプを叩きこみたい。そうすれば、いますぐ、一発でケリがつく。

だが、鉄パイプは猫に棄てられてしまった。タケは呪った。猫を呪った。猫は背後から松葉杖の音をさせて、のんびりゆっくりついてくる。

4

屋上は、妙に黴《かび》臭かった。陽のあたらない森の奥にいるような、そんな錯覚がおきた。風は台風の予兆を孕んでますます強く、なま暖かい。

タケと富士丸は睨みあった。鷲尾は給水塔の壁に寄りかかった。裕美が小走りに駆けて、鷲尾にぴったり身を寄せた。しばらく遅れて、猫が壁に寄りかかった。

「はい、スタート」

間の抜けた猫の声がした。タケはつい苦笑した。富士丸の拳が頬を掠めた。掠めただけなのに、口のなかに血があふれた。衝撃は、あとからきた。きな臭い匂いが衝撃と同時に鼻腔に満ちた。そして、血の鉄の味が拡がった。

タケは覚醒した。血を吐きだし、よろけてみせた。視線だけは富士丸からはずさない。富士丸が迫る。タケはよろけながらアッパーフック気味の拳を叩きこむ。

富士丸の顔が歪み、斜め後ろに躍った。長髪がきれいな弧を描いた。

会心のパンチだ。富士丸の瞳が虚ろになった。タケは利き腕が健在であることを感謝した。富士丸の瞳があらぬ彼方を向いているうちに第二打を叩きこむ。

決まった。富士丸の鼻を潰した感触が拳に伝わった。タケは闘争の昂《たかぶ》りのなかで、ますます醒めていく。

二発の拳で、富士丸は足許《あしもと》がおぼつかなくなっていた。タケは微笑した。得意満面の笑顔だった。冴子に見せたい。誇りたい。かわりに猫を見た。

かたわらに、冴子がいた。祈るように手を組んでいた。幻ではない。

とたんに不安になった。猫も俺も、完全じゃない。万が一敗れれば、冴子は再び凌辱をうける。タケは冴子を怒鳴りつけたかった。

光が炸裂した。真っ白に輝いた。雑念は吹き飛んだ。世界が反転した。気づいたら、コンクリの上に膝をついていた。

立ちあがろうとした。まったく膝に力がはいらない。力をこめると、膝頭が小刻みに痙攣した。タケは首を左右に振ってかろうじて正気を保つ。

激しい頭痛がした。視野の端に、ララがいた。漠然と思った。——オールスターキャストじゃねえか。

「ばかやろう」

憎しみがこもった富士丸の声がした。直後、タケの顎が爆ぜた。富士丸の蹴りをまともに喰った。顎が歪んで、捩れた。後頭部がガンガン鳴った。涙があふれた。意志と無関係に涙が流れおちた。

コンクリの屋上に転がった。湿っていた。肌は湿気を感じているのだが、奇妙な浮遊感があった。

……気を失いかけている。

タケは壊れた人形のように眼をしばたたいた。涙を追い払う。顎は軋んでひどく痛む。折れているかもしれない。弱気がはしる。悪寒《おかん》が全身をはしっていく。鳥肌がたつ。

なんとか……なんとかしなければ……。猫は壁に寄りかかってのんびり見物だ。なんとかしなければ。俺がなんとか……そうだ。俺の問題だ。

立て。まず立つんだ。吹き飛んでいく雲が視野をかすめる。眺めている場合ではない。月が雲に覆われた。なんだか映画のワンシーンだ。主役は、俺だ。

タケは膝に手をついて呼吸を整えていた。富士丸は勝利を確信し、ふたたび蹴りをいれた。慢心があった。力は充分こめられていたが、どこか横着な蹴りだった。蹴りはタケのギプスの胸で跳ねかえった。

バスケットシューズに包まれた富士丸の足に鈍い痛みがはしった。サッカーのフリーキックで地面を蹴ってしまったときのようだ。

タケは自らが着ている鎧の頑丈さに驚きを隠せない。幾重にも巻かれた布を石膏で固めたギプスは、タケが思っている以上に強固だった。タケは自分の着ている鎧をF1レーサーのカーボンモノコックになぞらえて、微笑した。

「なあ、富士丸。俺のことをハイテク戦士と呼んでくれ」

腫れて切れて捲《まく》れあがった唇で呟いて、どうやら顎は折れていないことを確認して、軽く軀を引く。

反動をつけて飛ぶ。自由な片手で富士丸を抱きかかえる。その手をずらし、富士丸の後頭部をおさえる。引き寄せる。ギプスの胸が富士丸の額にカウンター気味に激突した。

ざっくり裂けた。菱形《ひしがた》に割れた。流血は半端ではない。富士丸の瞳は、瞳孔《どうこう》が開ききっていた。

富士丸の激突の衝撃は、タケの首の後ろまで抜けた。痺れがはしったほどだ。タケはいったんきつく眼をとじて痺れを追い出し、富士丸を凝視した。割れた額に骨が覗けた。血と脂で輝いている。月のように白く、血がまだらに化粧している。

殺してやる。あとひと息だ。タケはふたたび富士丸の後頭部を摑んだ。反動をつけ、思いきりギプスにぶちあてる。

衝撃烈しく、タケのほうが倒れそうになった。足許がおぼつかなくなった。富士丸は、タケの胸に密着して、離れない。

嫌な予感がした。富士丸がめりこんだ胸元を見るのが怖かった。嫌な予感というものは、的中するものだ。この場合も例外ではない。

ギプスは、砕け散っていた。細かい破片をガーゼ状の布がかろうじてつないでいる。

これはもう、鎧ではない。

「よし、富士丸。意地を見せろ。父ちゃん子なんぞに負けるな。孤児《みなしご》の底力を見せてやれ」

淡々とした鷲尾の声がした。富士丸はタケのギプスにめりこんだ頭をゆっくりと引き抜いた。微笑した。鷲尾に向かって微笑した。血まみれの顔で微笑した。タケも惚れぼれとするような笑顔だった。

富士丸とタケの視線が絡んだ。憎しみは、もうなかった。タケは闘争を忘れた。

タケは心の中で囁いた。兄貴……。なんで強姦なんて無様な真似をしたんだ？　兄貴には、嫉妬なんて似合わないよ。

だが、タケの思い込みなど通じるはずがない。富士丸は折れたタケの鎖骨を狙ってきた。拳は的確に命中した。手術で鎖骨をつないだピンが皮膚を破って飛びだした。月明かりを反射して、青黒く、鈍く輝いた。

直後、血が噴いた。タケはのけぞった。恐怖に股間が射精寸前のときのように波うち、騒いだ。

「オヤジ！　痛えよ！　すっげえ痛え！」

情けない泣き声をあげた。猫は壁に寄りかかったまま、照れ笑いをうかべて、頭をかいた。

「鷲尾。わが子ながら、じつに情けない」

「猫のダンナ。タケはよくやったよ。ハンデが大きすぎたよ」

「そう思うか？」

「思う。片腕が使えないのに、無謀というか、なんというか……心意気は買うが、ちったあ物事を考えたほうがいいかもしれん」

猫は鷲尾に向かって笑った。それは鷲尾を無力化させてしまう子供のような笑顔だった。

「息子について、貴様にとやかく言われる筋合いはないさ」

笑いながら言い、タケに向かって、松葉杖を投げた。タケは顔を輝かせ、すがりつくように父からのプレゼントを受けた。

使える右手だけで、松葉杖を風車のように振りまわした。松葉杖は富士丸の全身をところかまわず破壊していく。

富士丸は四つん這《ば》いになり、両手で必死に後頭部をかばっている。松葉杖が肉にあたるときはくすんだ鈍い音が、骨にあたるときは妙に乾いた突き抜ける音がする。

松葉杖が折れ曲がった。さらに打ち込むと、破片が飛び散った。タケは荒い息をしながら、折れて尖った松葉杖の先を富士丸の首筋に押しあてた。

「だめ！」

冴子が叫んだ。

「こんな奴、殺すにも値しないわ」

タケは腫れあがった唇をひらいた。聞き取りにくい声で言った。

「冴子姉さんも人がいいな」

タケは折れた松葉杖を持ちかえた。折れて尖ったほうを持ち、大きく振りかぶる。

背中に全力で叩きこむ。もう富士丸は微動だにしなかった。

「どうだ？　鷲尾」

猫が訊いた。鷲尾は顔を背けた。

「汚ねえ。松葉杖は……あれはないぜ」

唐突に風が軋んだ。猫の手の、もう一本の松葉杖が唸っていた。猫は壁になかば寄りかかったままの横着な格好で鷲尾を滅多打ちにしていた。

「汚ねえだ？　調子くれるな、満足にヤクザにもなれなかった総会屋風情が」

富士丸は薄れゆく意識と格闘していた。まだ意識はあるのだが、軀はまったく意識に反応せず、ぴくりとも動かない。かすみはじめた瞳は一方的にやられている鷲尾の姿をかろうじてとらえた。

溜息が洩れた。失笑気味の苦笑が続いた。この親子には勝てない……諦めの気持ちだった。諦めてしまうと、さっぱりした気分になった。意識が完全に遠のいた。猫はどこか懈《だる》そうに、投げ遣りに松葉杖を振りまわす。しかし、タケと桁違いの破壊力だ。鷲尾の頬がえぐれて、肉片が飛んだ。

冴子は顔を背けて硬直し、声もない。タケはおなじことを富士丸にしておきながら、猫のとてつもない馬力にあきれていた。

しかも腫れあがった瞼を見ひらいてよく見ると、タケのような単純な滅多打ちではなく、松葉杖が折れぬよう、巧みに突いている。

そうだ。棒は突くものだ。タケは武器の初歩的な扱いを思い出し、基本に忠実な猫と自分をひき較べて、俺はまだまだだなあ……そんな感慨をもった。

「やめて！」

叫び声がした。割って入ったのは、ララだった。鷲尾を自らの軀でかばい、覆った。

「どけ」

猫は醒めた声で言った。

「いや！」

ララは瞳を血走らせていた。口から唾を飛ばして叫んだ。

「この人はあたしのものだ！」

猫は微笑した。柔らかな笑顔だった。日向《ひなた》で微睡《まどろ》む猫のような表情だった。

「純愛だな……ララ」

「そうよ。あたしはこの人を愛している。見返りなんていらない。あたしはこの人のためなら死ねるのよ」

猫は鷲尾を覗きこんだ。

「おまえもとんでもない女に惚れられたもんだ。同情するよ」

鷲尾は、弱々しく笑いかえした。猫とララにだけ聞こえる声で、囁いた。

「なぜだろう。俺はあんたの前にでると萎縮してしまうんだ。はじめから負けてしまう。それで悔しくもないんだから、救いようがないというか、どうしようもないよ。ただ……」

ララが引き取った。

「ただ？」

「ただ……富士丸にだけは、いいところを見せたかったなあ」

ララは首を左右に振った。鷲尾の頬にひらいた傷口を押さえながら、切ない声で言った。

「富士丸には、あんたの気持ちは、ちゃんと伝わってるよ」

★

猫はタケを手招きした。金属ピンが飛び出した鎖骨をざっと診た。出血はほぼ止まっている。固まった血がかさぶたのように盛りあがっていた。

「医者に、また打ち込んでもらえばいい」

タケは顔をしかめた。猫にかかると、すべてかすり傷になってしまう。そのくせ自分は髭を剃《そ》ってちょっとでも傷をつくると、大騒ぎをするのだ。

タケは中指でそっとピンを押してみた。左右には動くが、押し込むことはできなかった。また、麻酔を射たれてハンマーでガンガン叩きこまれるのか……手術を思いかえすと、悪寒がはしった。溜息を呑みこんだ。

背後で気配がした。振り返って、ハッとした。警官だった。制服の警官が三人、私服がふたり。年輩の私服刑事が転がっている富士丸と、ララに抱かれている鷲尾を交互に見て、猫に近づいた。

「また派手にやってくれましたねえ」

あきれ声だったが、決してぞんざいな言葉遣いではない。タケはしばらくしてから、猫が元刑事であったことに思い至った。猫はとぼけた声で呟いた。

「呼んでないぜ」

「こちらのご婦人だと思いますよ。さきほど強姦の――」

刑事は冴子から視線をそらして言いなおした。

「暴行の訴えがあったんです」

「ごめんなさい、猫。でも、やっぱり白黒は法律に従って……」

猫は冴子の言葉を遮って、気にするなと微笑し、刑事に向かって言った。

「しかし、遅かったな」

「訴えがあったまではいいんだが、このご婦人は猫が、猫が……と幾度も繰り返すだけで、被疑者が誰であるか、肝心のこの修羅場がどこであるかをおっしゃらずに電話を切ってしまった。我々は仁賀さんの事務所に行ったりして、けっこう無駄足を踏んだってわけなんだ」

刑事は血まみれの富士丸と鷲尾に視線をはしらせてから、上目遣いで猫を見つめた。

「困りますよ。日本は法治国家なんだ。ほどほどにしていただかないと……かばいきれませんよ」

猫は刑事に向かってウインクした。両目をつぶってしまいそうなぎこちないウインクだった。刑事は苦笑した。かろうじて意識を取り戻した富士丸に向かって言った。

「富士丸こと上野芳夫。君には花園神社における暴行傷害と、殺人の容疑で、もうひとつ逮捕状がでているんだ」

抑えた口調だが、有無をいわせない力があった。タケは生唾を呑んだ。傷害と殺人には、直接手を下してはいないとはいえ、タケも関係があるのだ。

富士丸はよろめきながらも、かろうじて立ちあがった。両手を差しだした。刑事は首を左右に振った。

「逃げることはできないだろう。その軀では。しかし、馬鹿なことをしたものだ。君は鷲尾と一緒に彼女に暴行を加えた容疑もある。馬鹿の上塗りだ」

富士丸は苦笑した。タケの喉仏が異様な音で鳴った。

富士丸はタケにウインクした。猫といい勝負の、ぎこちないウインクだった。

「タケ、ムショから出てきたら、ケリつけてやる。いいな」

腫れあがった顔でカラッと笑って、痛みに顔をしかめた。タケは富士丸を食い入るように見つめている。

鷲尾もララの膝からゆっくり起きあがった。柔らかな表情で、ララの頬をそっと撫でた。やさしく、撫でた。ララは泣いた。顔をくしゃくしゃにして泣いた。

鷲尾は弱りはてた表情をした。苦笑いをしながら頭をかいた。富士丸の横に行った。

刑事は鷲尾にも手錠をかけようとしなかった。

刑事はふたりを促した。鷲尾と富士丸は背を向けた。タケは叫んだ。

「兄貴!」

富士丸はゆっくり振り返った。悪戯っぽい口調で言った。

「いいかげんにバイクなんか卒業しろ。また事故るぜ」

タケは唇をふるわせた。大学生を殺したときは、俺も関わっていた。そう告白したい衝動に駆られた。しかし唇から洩れたのはちがう言葉だった。

「――こんど、あんな情況になったら、前ブレーキはかけないで、リアブレーキだけで止まるよ」

富士丸は、ニヤッと笑った。ゆっくり背を向けた。鷲尾にぴったり寄り添った。タケは思った。富士丸はすべての罪をかぶるだろう。鷲尾の罪までかぶって、自らのダンディズムを貫徹するだろう。

タケは口の中で独白した。

「兄貴は……馬鹿だ」

台風の予兆を孕んだ南風がタケの呟きをかき消した。たったひとり取り残された裕美が泣きはじめた。手放しで泣いた。幼児のように泣いた。

タケの耳に裕美の嗚咽《おえつ》が突き刺さる。タケは放心状態だった。猫がタケを小突いた。裕美に向けて顎をしゃくった。タケは弱々しく頷き、裕美に向かった。途中で振り返った。猫も強く頷いた。右にララを、左に冴子を抱くようにして、強く頷いた。

タケは裕美の肩に手をさしのべる。その手の甲に、大粒の雨が落ちてきた。ハッとするほど鮮やかに弾けた。タケは呼吸を整え、啜り泣く裕美に言った。

「行こう」

歩きはじめる。背に父の視線を感じている。左手で、飛びだした鎖骨のピンにそっと触れる。顔をあげる。強風に横殴りの雨が血を洗い流していく。

俺は、猫の息子だ。

＊参考文献「ライダースクラブ」１９９０年10月12日号

この作品は一九九四年三月徳間書店より刊行され、
九七年五月徳間文庫に収録された。

花村萬月著
守宮薄緑
沖縄の宵闇、さまよい、身体を重ねた女たち。新宿の寒空、風転と街娼の恋の行方。パワフルに細密に描きこまれた、性の傑作小説集。

花村萬月著
眠り猫
元凄腕刑事の〈眠り猫〉、ヤクザあがりの長田、女優を辞めた冴子。3人の探偵は暴力団の激闘に飲みこまれる。ミステリ史に輝く傑作。

花村萬月著
♂（オスメス）♀
青い左眼をした沙奈を抱いたあと、新宿にふらり出た。歌舞伎町の風俗店で私が出会った二人の女は――。鬼才がエロスの極限を描く。

綾辻行人著
霧越邸殺人事件
密室と化した豪奢な洋館。謎めいた住人たち。一人、また一人…不可思議な状況で起る連続殺人！　驚愕の結末が絶賛を浴びた超話題作。

綾辻行人著
殺人鬼
サマーキャンプは、突如現れた殺人鬼によって地獄と化した――驚愕の大トリックが仕掛けられた史上初の新本格スプラッタ・ホラー。

綾辻行人著
殺人鬼Ⅱ
―逆襲篇―
双葉山の大量殺人から三年。血に飢えた怪物が、麓の病院に現われた。繰り広げられる凄惨な殺戮！　衝撃のスプラッタ・ミステリー。

阿部和重著　インディヴィジュアル・プロジェクション

元諜報員の映写技師・オヌマが巻きこまれたプルトニウム239をめぐる闘争。ヤクザ・旧同志・暗号。錯乱そして暴走。現代文学の臨界点！

阿部和重著　無情の世界
野間文芸新人賞受賞

ニッポンの本当の狂気を感じたければ、阿部和重を読め！　携帯電話とネットの時代にふさわしい妄想力全開の野間文芸新人賞作品。

有栖川有栖ほか著　大密室

緻密な論理で構築された密室という名の魔空間にミステリ界をリードする八人の若手作家と一人の評論家が挑む。驚愕のアンソロジー。

有栖川有栖著　絶叫城殺人事件

「黒鳥亭」「壺中庵」「月宮殿」「雪華楼」「紅雨荘」「絶叫城」——底知れぬ恐怖を孕んで闇に聳える六つの館に火村とアリスが挑む。

伊坂幸太郎著　オーデュボンの祈り

卓越したイメージ喚起力、洒脱な会話、気の利いた警句、抑えようのない才気がほとばしる！　伝説のデビュー作、待望の文庫化！

宇月原晴明著　信長　あるいは戴冠せるアンドロギュヌス

魔性の覇王・信長の奇怪な行動に潜む血の刻印。秘められたる口伝にいわく、両性具有と……。日本ファンタジーノベル大賞受賞作。

桐野夏生著
ジオラマ
あたりまえのように思えた日常は、一瞬で、あっけなく崩壊する。あなたの心も、変わってゆく。ゆれ動く世界に捧げられた短編集。

北森鴻著
凶笑面
―蓮丈那智フィールドファイルⅠ―
封じられた怨念は、新たな血を求め甦る――。異端の民俗学者・蓮丈那智の赴く所、怪奇な事件が起こる。本邦初、民俗学ミステリー。

黒川博行著
大博打
なんと身代金として金塊二トンを要求する誘拐事件が発生。驚愕する大阪府警だが、犯行計画は緻密を極めた。驚天動地のサスペンス。

黒川博行著
疫病神
建設コンサルタントと現役ヤクザが、産廃処理場の巨大な利権をめぐる闇の構図に挑んだ。欲望と暴力の世界を描き切る圧倒的長編！

小池真理子著
恋
直木賞受賞
誰もが落ちる恋には違いない。でもあれは、ほんとうの恋だった――。痛いほどの恋情を綴り小池文学の頂点を極めた直木賞受賞作。

小池真理子著
浪漫的恋愛
月下の恋は狂気にも似ている……。禁断の恋の果てに自殺した母の生涯をなぞるように、激情に身を任す女性を描く、濃密な恋物語。

新潮文庫最新刊

企画・デザイン
大貫卓也
マイブック
―2005年の記録―
真っ白なページに日付だけ。これは世界に一冊しかない、2005年のあなたの本。書いて描いて、いろんなことして完成して下さい。

R・ブラウン
柴田元幸訳
体の贈り物
食べること、歩くこと、泣けることはかくも切なく愛しい。重い病に侵され、失われゆくものと残されるもの。共感と感動の連作小説。

N・ホーンビィ
森田義信訳
ソングブック
童貞喪失、大ブレイク、離婚。ビートルズからティーンエイジ・ファンクラブまで、31の歌に託して語る〝ぼくの小説、ぼくの人生〟。

コールドウェル＆トマスン
柿沼瑛子訳
フランチェスコの暗号
（上・下）
ルネッサンス期の古書に潜む恐るべき秘密。五百年後の今、その怨念が連続殺人事件を引き起こす。時空を超えた暗号解読ミステリ！

B・ヘイグ
平賀秀明訳
キングメーカー
（上・下）
合衆国陸軍のモリソン准将がFBIに逮捕された――容疑は国家反逆罪。准将は米史上最悪の売国奴なのか、それとも何者かの罠か？

H・ボエティウス
天沼春樹訳
ヒンデンブルク炎上
（上・下）
飛行船《ヒンデンブルク》が、米国レークハースト上空で爆発炎上。事故か、破壊工作か。真相は昇降舵手のボイセンが握っている！

猫《ねこ》の息子《むすこ》 眠《ねむ》り猫《ねこ》II

新潮文庫 は-30-4

平成十六年十月一日発行

著者 花《はな》村《むら》萬《まん》月《げつ》

発行者 佐藤隆信

発行所 株式会社 新潮社
郵便番号 一六二―八七一一
東京都新宿区矢来町七一
電話 編集部(〇三)三二六六―五四四〇
読者係(〇三)三二六六―五一一一
http://www.shinchosha.co.jp

価格はカバーに表示してあります。

印刷・二光印刷株式会社 製本・加藤製本株式会社

ISBN4-10-101324-1 C0193